머니게임
MONEY GAME
게임 3부작
배진수 만화
1

MONEY GAME 1

#1	무조건 해야만 하는 게임	5
#2	특별환율 1,000배	31
#3	그동안 거의 공짜로 누리던 것들	51
#4	한 푼이라도 아껴야 해!	71
#5	8인의 민주주의	95
#6	참 이상한 게임	121
#7	이건 내 잘못이 아니야!	143
#8	작은 만찬회	167
#9	믿을 만한 사람	189
#10	가만히 당할 순 없다	217
#11	아무도 믿을 수 없다	239
#12	부탁 하나만 들어줄래?	263
#13	인생 제1의 법칙	287
#14	중립의 괴로움	311
#15	스튜디오 공식 바보	335

MONEY GAME

MONEY GAME

MONEY GAME

머니게임
MONEY GAME

#1

"무조건 해야만 하는 게임"

너.

부자와 가난뱅이의
차이가 뭔 줄 아냐?

찬스가 내 앞에 왔을 때
그걸 잡느냐 놓치느냐.

부자는 과감히 그걸 잡지만
가난한 놈들은 고민만
ㅈㄴ게 하다 놓치지.

8천 박아서 세 달 만에
5억 넘겼다. 지금 코인 판에서
못 벌면 ㅂㅅ 인증이야.

그러니까 무슨 수를 써서라도
씨드머니부터 만들어 와.
무조건 5배 이상 띄워 줄게.

그래 ㅅㄲ야.
최소 5배. 형이 책임진다.

뚜르르르르르

뚜르르르르르

뚜르르르르르

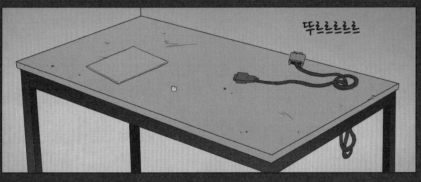

뚜르르르르르

뚜르르르르르

뚜르르르르르

뚜르르르르르

뚜르르르르르

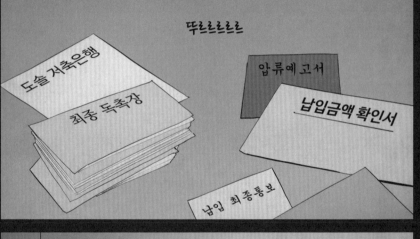

도솔 저축은행

최종 독촉장

압류예고서

납입금액 확인서

납입 최종 통보

뚜르르르르르

자영업자들이 망하고 있다고
뉴스에서 아무리 떠들어도
오늘도 수백 개의 점포가 새로 생긴다.

주식으로 수익내는 사람은
극소수라는 통계를 내밀어도
오늘도 수천 개의 구좌가 새로 개설된다.

도박으로 돈을 벌 수 없다는 건
초딩도 아는 상식이지만
오늘도 수만 개의 승무패 사이트가 돌아간다.

이 XX……

왜냐고?
착각 때문이다.

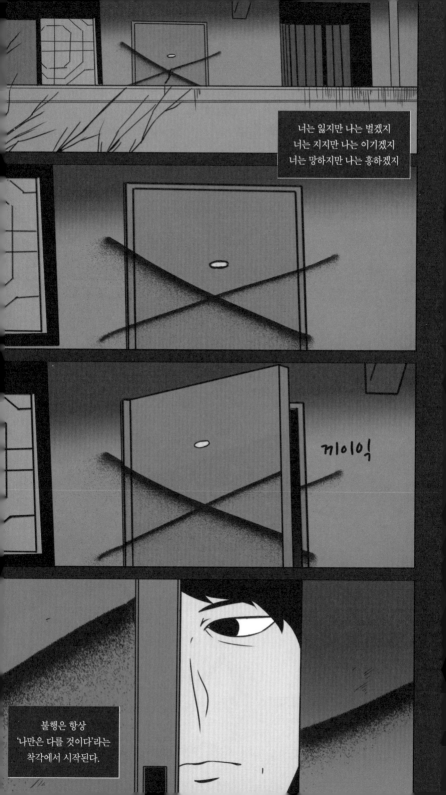

너는 잃지만 나는 벌겠지
너는 지지만 나는 이기겠지
너는 망하지만 나는 흥하겠지

끼이익

불행은 항상
'나만은 다를 것이다'라는
착각에서 시작된다.

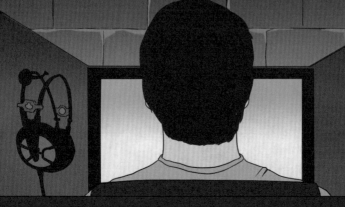

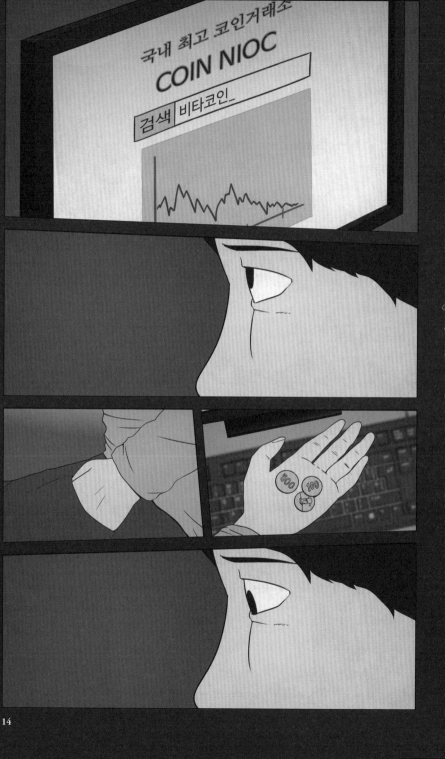

신입 직장인 월급은 평균 250만 원.
세금과 보험과 공과금과
생활비 등등을 빼면
남는 돈은 3분의 1 정도.

원금 상환은커녕 월 이자를 내기에도 모자란 돈.

XX……

지금부터 이 악물고 개처럼 살고 번다 해도
그 돈은 고스란히 대부업체의 것.

XX…
XX……

평생 이자나 갖다 바치는 노예 인생을
벗어날 수 없다는 당연한 계산이 나온다.

그래서
지극히 합리적인 선택을 하기로 했다.

당신은 사랑받을 자격이 없어요

내일은 오늘보다 더 나을 거예요

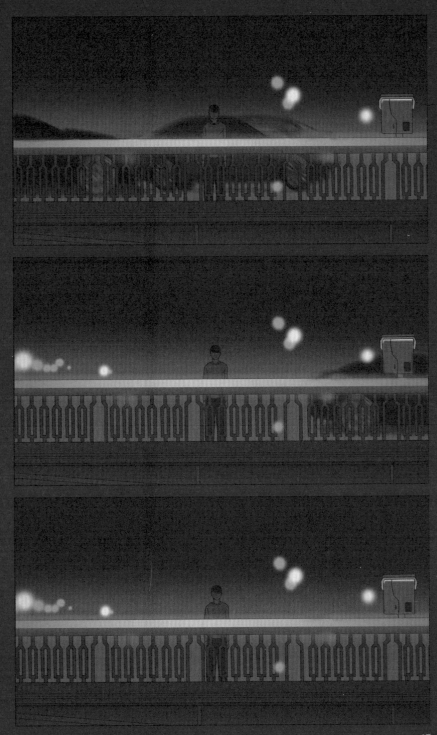

뚜르르르르르

뚜르르르르르

뭐지.
저거 발신 전용 전화기 아닌가?

뚜르르르르르

뚜르르르르르

끄윽

끼이이이이익-

44,800,000,000

꿀꺽

23

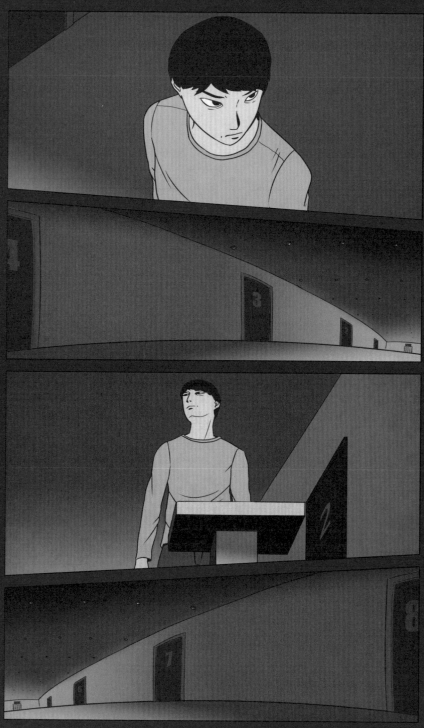

라이브 쇼 〈머니게임〉에 참여해 주셔서
진심으로 감사 드립니다.

〈머니게임〉이란 본 스튜디오에서 생방송으로
진행되는 리얼 버라이어티 쇼의 이름이며,
시청자는 다국적의 회원들로 구성돼 있습니다.

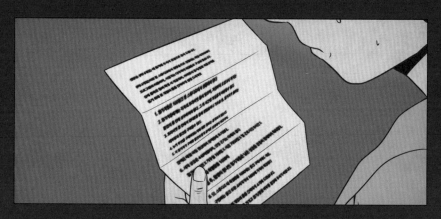

참가/불참 최종선택을 돕기 위해
본 게임의 룰을 간략하게 설명 드리자면

1. 참가자들은 100일간 본 스튜디오에서 생활한다.

2. 참가자들은 각자의 프라이빗 룸을 가지며 매일 자정부터
오전 8시까지는 본인의 룸 안에 상주하여야 한다.
그 외 시간엔 자유롭게 이동할수 있다.

3. 프라이빗 룸 안에서 인터폰을 통해 생필품이나 기호품 등,
원하는 대부분의 물건을 구매할 수 있다.

4. 누가 무엇을 구매하였는지에 대한 정보는 공개되지 않는다.

5. 각 참가자가 구매한 물건의 합계 금액은 총 상금에서 차감되며,
잔액은 매일 아침 갱신되어 잔액판에 표시된다.

6. 시작 상금은 448억 원 이며 산정 근거는 아래와 같다

참가인원 8인 X 거주일 100일
X 시급 7000원 X 일 근로시간 8시간
X 스튜디오 내 특별환율 1000배

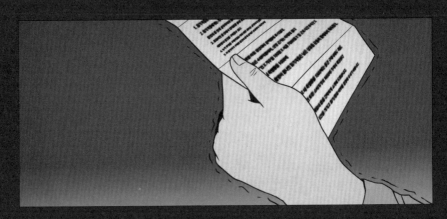

7. 100일 후, 프로그램이 끝나면 참가자들은
남은 상금을 균등히 분배하여 획득한다.

8. 단, 스튜디오 내 특별환율 1000배는
물건 구매 시에도 적용, 구입하는 물건 또한

소비자가의 1000배 가격이 책정된다.

참가를 원하시는 경우 비어있는 프라이빗 룸 안으로 입장하시면 되며
상세 룰북은 룸 안에 비치되어 있습니다.

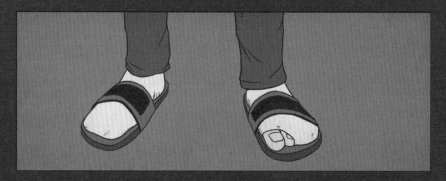

참가를 원하시지 않는 경우, 마련된
소정의 교통비를 가지고 귀가하시면 됩니다.

부디 충분한 시간을 가지고
참가/불참 여부를 결정해 주시기 바랍니다.

교통비 1000만 원이냐
총상금 448억 원이냐의 선택.

아니.
이건 선택이 아니다.

44,800,000,000

눈앞에 저 정도의 돈을 두고
돌아설 수 있는 인간은 없다.

이건 선택이 아닌

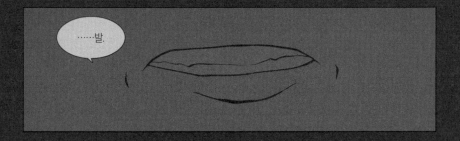

선택을 위장한

강제다.

머니게임
MONEY GAME

#2

"특별환율 1000배"

몇 시간째
떨림이 멈추지 않는다.

이 상황이 무서워서? 불안해서?
아니. 그럴 리가 있나.

어차피 뒈지려고 작정했던 목숨인데
자포자기하고 내던졌던 몸인데
이제와서 안전안위 따위가 뭔 의미가.

그럼 대체 뭐 때문이지?
이 생소한……

아!

비슷한 기억이 떠올랐다.

그래. 그 처음의 그때.
그때도 이렇게 떨렸었다.

떨림의 정체는 두려움이 아니라 흥분이었다.
흥분과 기대감으로 신경이 미쳐 날뛰는 거였다.

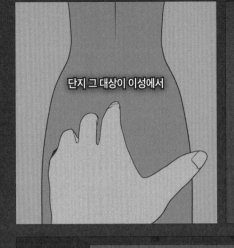

단지 그 대상이 이성에서

돈으로 바뀌었을 뿐.

그 압도적 규모의, 산더미 같은, 거대한, 돈의 괴를
눈앞에서 직접 본다면
누군들 제정신을 유지할 수 있을까?

진정. 진정하자. 진정해라. 진정.

혼란한 상황일수록 차분해져야 한다.
흥분이 솟구칠수록 냉정해져야 한다.

마침내, 떨림이 멎었다.
몸이 안정을 찾자 정신도 제자리를 찾아간다.
덕분에 가장 먼저 해야 할 일도 떠올랐다.

더듬
더듬

잘 안 보인다. 희미하게 빛이 있긴 하지만
글자를 읽을 수 있는 수준은 아니다.
그렇다면…

불 필요한 ㅅㄲ?

아냐, 이건 일단 아끼자.
상황이 어떻게 돌아갈지 모르니.

인터폰으로 필요한 물건을
살 수 있다 그랬었지?

뭐지? 아무 반응 없는데?
듣고는 있는 건가?

……랜턴이요
건전지로 켜는.

뭐야 이 숫자ㄴ……

설마 이거, 가격인가?
시중 환율의 천 배랬으니까……

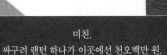

미친.
싸구려 랜턴 하나가 이곳에선 천오백만 원.

네……네!
사겠습니다.

개 같은 가격이지만 고민의 여지는 없다.
꼭 필요한 건 사는 수밖에.

내가 도착했을 때
열려 있는 방은 8번 방뿐이었다.

그렇다는 건, 나머지 방은
먼저 온 참가자들이
차지했다는 이야기.

1　2　3　4
5　6　7

최종 참가는 본인 선택에 맡긴다 했으니
참가를 포기한 사람도 있다고 가정하면

애초에 8명 이상의 참가자를
섭외했을 것이고,

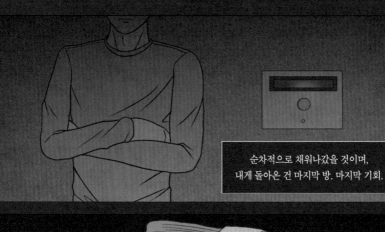

순차적으로 채워나갔을 것이며,
내게 돌아온 건 마지막 방. 마지막 기회.

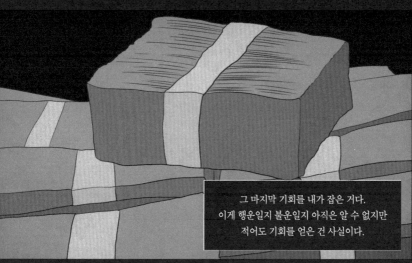

그 마지막 기회를 내가 잡은 거다.
이게 행운일지 불운일지 아직은 알 수 없지만
적어도 기회를 얻은 건 사실이다.

가장 의심됐던 건 이 유인이
인신매매나 장기적출 등을
목적으로 기획된 게 아닌가 하는 것.

하지만

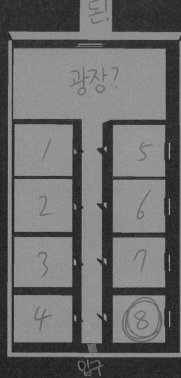

그렇다고 보기엔
불필요한 요식 행위들이 너무나 많다.
심지어 과시마저 느껴졌다.

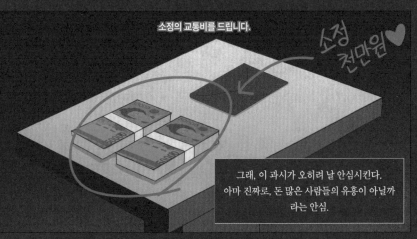

소정의 교통비를 드립니다.

소정
천만원♥

그래, 이 과시가 오히려 날 안심시킨다.
아마 진짜로, 돈 많은 사람들의 유흥이 아닐까
라는 안심.

돈이 넘쳐 사막에 자기 이름을 새기는 갑부도 있다.

HAMAD

1박 우주 관광에 십수억을 쓰는 부호도 있다.

불필요한
ㅅㄲ?

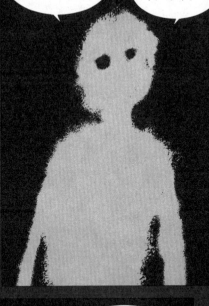

생방송 〈머니게임〉의
시작 상금은 ₩448억!

네?
너무 많다구요?

그래야 한다. 그래야 된다.
그래야 이 게임에 대한 신용이 생긴다.
우리에겐 평생 보지도 벌지도
못할 금액의 돈이지만

하하. 괜한
걱정입니다.

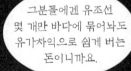

그분들에겐 유조선
몇 개만 바다에 묶어놔도
유가차익으로 쉽게 버는
돈이니까요.

우리에게 이 돈을 던져주고
뭘 구경하고 싶은지는 모르겠지만,
반드시 초갑부여야 한······

끼이이잉-

랜턴만 주문했는데
편지랑 옷은 뭐지?

입고개신 의복과 소지품을
넣으십시오

아, 그래. 그래야 공평하지.
모두가 같은 상황에서
출발하기 위한……

……

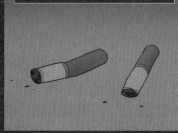

한 갑에 450만 원의 기호품.
고맙다 ㅅㅂ. 평생 못 끊을 줄 알았는데.

넣었습니다.
옷.

담배랑 라이터는 아깝게 됐지만
일단 빛을 얻었다. ㅈㄹ 비싼

1500만 원짜리 빛.

휴대용

캠핑랜턴

스튜디오 특가
1500만원!

벌써 천오백만 원이나 써버렸다.
나머지 7명도 나 정도 썼다고 가정하면,
1억 넘는 돈이 하루 만에 사라진 거다.

괜찮다. 그래도 아직 많이 남았다.
러프하게, 100일간 총 상금의 2/3를 써버린다 해도
인당 이십억 원 정도는 가지고 나갈 수 있다.

문

인터폰

천장에 카메라

방 안 시설은 이게 전부.
그리 쾌적하지도 안락하지도 않은 장소지만

괜찮다.
돈만 쥐고 나갈 수 있으면
100일 정도는 어떻게든 버틸 수 있다.
무려 4백 4십 7억 원!! 이니까.

좀 목마르고
좀 배고프고
좀 추우면 어때
덜 먹고 덜 싸면 해결될⋯⋯.

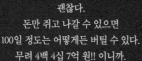

해결될⋯⋯

해결⋯⋯

응? 잠깐.

화장실은?

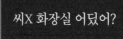

씨X 화장실 어딨어?

100일 동안 이 방에서
먹고 싸야 하는데
화장실이 없다고?!

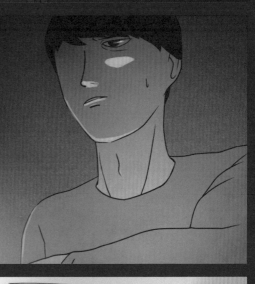

상하수도에 배관에 정화조에 공임에,
개인이 설치하려면 최소 수천만 원
(여기선 수백억ㅋ)은 그냥 깨질걸?

뭐 ㅂㅅ아.
내가 똥이나 먹고 사니까
ㅈㄹ 쉽게 보였냐?

49

하……
게임 진짜……

448억 원에 멀었던 눈이
이제야 조금 뜨인 것 같다.

X같이
설계했네.

머니게임
MONEY GAME

#3

"그동안 거의 공짜로 누리던 것들"

보통의 사회화된 인간이라면, 그 사회가 오랜 기간
시간과 자본과 노동을 투입해 이룩한 기반 시설을
공기처럼 누리며 살기 마련이다.

[운송 인프라]

[전력 인프라]

[상하수도 인프라]

공기처럼 누린다는 말은
필요하면 언제나 거기 있었기에
그것의 결핍으로 아쉬웠던
경험이 없다는 말과 같다.

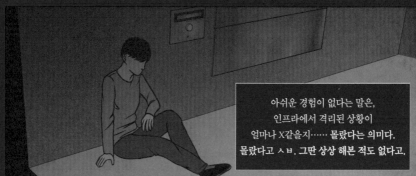

아쉬운 경험이 없다는 말은,
인프라에서 격리된 상황이
얼마나 X같을지…… 몰랐다는 의미다.
몰랐다고 ㅅㅂ. 그딴 상상 해본 적도 없다고.

전파가 없으니 통신을 할 수 없다.
전력이 없으니 조명과 가전제품을 이용할 수 없다.
상하수도와 배관 시설이 없으니 몸을 씻을 수도 없다.

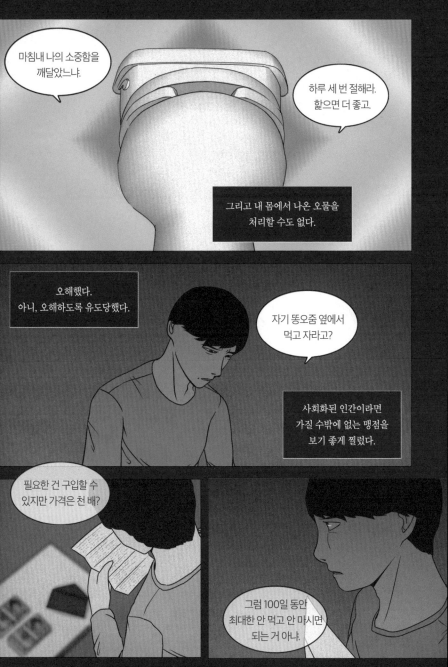

마침내 나의 소중함을
깨달았느냐.

하루 세 번 절해라.
핥으면 더 좋고.

그리고 내 몸에서 나온 오물을
처리할 수도 없다.

오해했다.
아니, 오해하도록 유도당했다.

자기 똥오줌 옆에서
먹고 자라고?

사회화된 인간이라면
가질 수밖에 없는 맹점을
보기 좋게 찔렀다.

필요한 건 구입할 수
있지만 가격은 천 배?

그럼 100일 동안
최대한 안 먹고 안 마시면
되는 거 아냐.

꿀컥

꿀컥

꿀컥

꿀컥

하아-

누군가 그랬지.

쪼로록

지옥이 존재한다면 아마 그곳은
끔찍한 악취로 이뤄진 곳이리라.

쪼르르르르르르르르

싸고 처리하는 문제를
해결하지 못하면 이곳도 곧

탈탈탈탈

지옥이 될 것 같다.

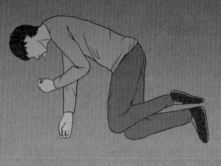

베리리리릭~ 철컹~

으응?

……열린 건가?
아침?

몸은 피곤하고 정신은 피로했다.
기절하듯 쓰러져 죽은 듯 잠들었다.

덜컹

저 사람들인가,
100일간 함께 지낼.

제발
상식적인 인간들이길……

상식적인
인간들이
아니었다.

이 미친놈들이
하루 만에 14억을 써?

누군 랜턴이랑 물 하나도
벌벌 떨면서 샀는데.

대체 뭐에 처쓴 거야?
ㅈㄴ 폭신한 침대에 포근한 이불세트라도 샀나?

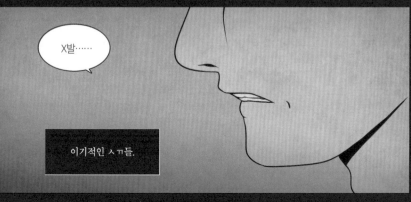

X발……

이기적인 ㅅㄲ들.

아, 안녕하세요.
1번 방 입니다.

앞으로 자,
잘 부탁 드립니다.

1호실.
전형적인 뚱땡이.
육수 장인.

2호실 입니다……

2호실.
눈 퀭한 포니테일.
아마 최연소?

3번.
좀 아껴쓰죠 다들?

놀러 왔나?

3호실.
쎄 보이는 노랑 파마머리.
눈매 무서워.

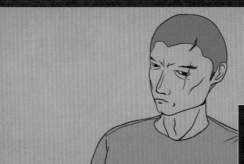

4호실.
주의. 깡패.
누가 봐도 깡패.

5번 방에
있습니다.

5호실.
멸치. 저 머리는 뭐야.
80년대야?

6호실이고, 그… 첫날이라
다들 필요한 게 많아서
그랬을 겁니다.

다들 사연이 있어서
오신 것 같은데, 힘 합쳐서
잘 헤쳐 나가봅시다.

6호실.
꼰대. 아재. 노잼.
끝.

저는 7호실
입니다.

7호실.
그나마 무난해
보이는 여자.

우려했던 대로
멀쩡한 인간은 안 보인다.

8번 방요.
반갑습니다.

하긴 멀쩡한 인간이
제 발로 이런 데 기어들어 올 리가.

우리 다 같이 화이팅 한번 할까요?

자자, 부끄러워 말고! 화이팅! 화이팅!

물론 나 포함.

이상하다. 리얼 버라이어티 쇼 라면서 참가자가 뭘 해야 하는지에 대해선 쓰여 있지 않다.

걍 100일 동안 놀고 자빠져 있으면 되는 건가?

100일 동안 놀고 자빠져 있으면 상금을 준다고?
왜?

자자! 다들! 다들
잠깐 모입시다!

회의합시다!
개별 플레이 말고!
의견 모아야지 않겠어요?

이야 리더다.
야생의 리더(를 원하는 사람)가 나타났다.

지금 우리가
가장 궁금한 건

이 사람들이 진짜로 돈을
주는가? 하는 의문입니다.
그렇지요?

그건 맞다.
안 준다면 다 의미 없는 ㅈ랄일 뿐이니.

저는, 그 약속은 지켜진다고
봅니다. 저들이 기부천사라서?
착한 사람들이라서? 아니요.

사유지에 이 정도 규모의 설비를
세운 사람들이라면, 일단 재력은
엄청나다고 생각하는 게 맞겠고,

그리고 또 한 가지, 448억이라는
시작 상금은 미끼라고 보고 있거든요.

아저씨의 쓸데없이 장황한 연설을 요약하자면,

448억이란 숫자에 방심해선 안 된다.
제로베이스에서 100일간 거주할
환경을 만드는 데는 꽤 많은 돈이 든다.

식음료와 소모품 값도 무시 못 한다.
잊지 말자. 여기선 모든 게 1000배.

아무리 아껴도 100일이 지나면 분명
처음 금액보다 훨씬 적은 돈만
남아 있을 것이다.

즉, 저들이 우리에게 실 지급할 금액은
448억보단 훨씬 적을 거란 주장.

"사실, 전 그쪽이 오히려 희망적이라고 보고 있어요.
남은 금액이 그리 크지 않다면, 저들도 흔쾌히
지불할 용의가 있지 않을까 하는 희망"

"그러니, 정말로 상금을 주나? 라는 의문은
배제하고 일단 열심히 아끼며 생활하는 게
좋다고 생각합니다."
- ggonTED

논리적인 척 썰을 늘어놓긴 했지만
결국 다 헛소리다.

최종 잔액이 많이 남든, 다 쓰고 푼돈만 남든,
저들이 안 주면 그만. 그저 그뿐.
어쩔 건데? 독촉장이라도 보내게? 어디로?

하지만 그 사실과는 상관없이, 참가자가
자포자기 않도록 독려하는 아저씨의 전략은
매우 합리적이다. 심지어 훌륭하다.
왜냐하면

	안믿고 다쓴다	믿고 안쓴다
상금안줌 ㅠ	△	✕
상금줌	△	◎

간단한 게임 이론.
다 포기하고 흥청망청 써버리는 것보다,
일단은 진짜 주리라 믿고 가는 게
가장 좋은 전략이니까.

어때요? 이제
다들 이해 가시죠?

연설
아마 밤새 생각해낸 독려구라이겠지.
훌륭하다 아저씨여, 이 스튜디오에
한줄기 빛의 꼰대가 되어……

남은 날짜 내내 X같은
분위기로 지내기 싫으면.

그래, 전략은 전략이고 이론은 이론일 뿐.
그게 모든 변수를 통제하진 못하지.

기나긴 역사 동안
인간이 ㅈㄴ게 지치지도 않고 해댄 게 바로

비이성적 판단과
명청한 결정이니까.

머니게임
MONEY GAME

#4

"한 푼이라도 아껴야 해!"

콰앙—

뭐지 저ㅅㄲ는.
분조장 환장가.

하지만 전혀 이해가 안 가는 건 아니다.
전광판 잔액을 봤을 땐 나도 뚜껑 열렸으니까.

43,427,200,000

한 푼이라도 아끼겠다고
쫄쫄 굶고 벌벌 떨었던 게
혼자만의 개뻘짓처럼 느껴졌으니까.

자자! 여러분!!

안돼요 안돼. 이 게임은 참가자 vs 주최 측 구도가 돼야지,

우리끼리 갈라서고 대립하면 저들한테 말리는 겁니다.

회의 계속합시다. 인당 하나씩 굿 아이디어 내기. 안 내면 집에 못 가요.

아참. 어차피 집엔 못 가지? 하하.

아재……
제발……

"싸고 배부른 건 튀긴 건빵이 최고야.
업소용 대용량 사면 며칠은 먹어."

"비매품인 수돗물을 살 수 있는 걸 확인했어요.
그게 생수보다 싸고 정수보다 미네랄이
많이 포함돼 있어요."

"신문이 생각보다 따뜻해요.
안에 고, 공기층이 있어서
단열도 잘되고… (만화)책에서 봤습니다."

"씻는 건 물티슈밖에 대안이 없을 것 같습니다.
배수 시설이 없으니까."

호모 사피엔스 사피엔스 7인의 뇌를 이어
몇 시간이고 몇 시간이고 집단 지성을 전개한 결과

회의랍시고 노가리 까는 것도
몇 시간이 한계.
전기도 전파도 없는 이곳은
시간 때울 수단이 전혀 없다.

여긴 사방
콘크리트 벽밖에 없으니

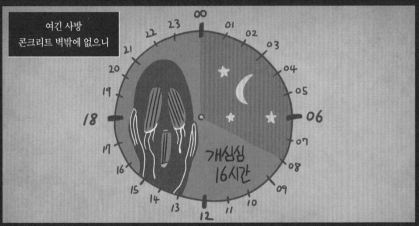

개심심
16시간

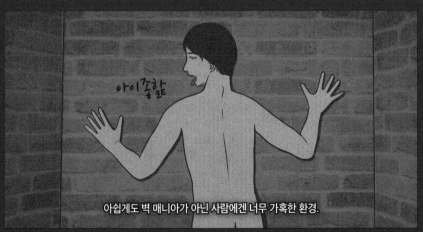

아이좋할

아쉽게도 벽 매니아가 아닌 사람에겐 너무 가혹한 환경.

유일한 소일거리는
룰북을 읽거나 룰북을 읽거나 또는 룰북을 읽는 것뿐.

큰 틀은, 참가 결정 전 읽었던 편지에
써 있던 내용과 크게 다르지 않다.

지불 1000배
회수 1000배
이거 1000하
완전 공정
판정 인정?

그 외 조금 신경써서
숙지해야 할 사항들이라고 해봤자

● 00:00 ~ 08:00에 프라이빗 룸은 자동으로 잠깁니다.

● 잠기기 전 배정된 룸에 들어가지 않으면 총 상금이 10% 차감됩니다.

● 의도적으로 잠기고 카메라를 가릴 시 총 상금이 10% 차감됩니다.

● 도검이나 총포류 등의 흉기는 구입하실 수 없습니다.

● 요청하신 생필품이나 기호품은 입수 난도에 따라 배송시간이 다릅니다.

● 배송큐를 통해 전달된 물건은 5분 내로 회수하지 않으시면 강제 폐쇄 후 반송 됩니다.

심플하게 소개됐던 룰을 좀 더 상세히 풀어 설명한 것뿐.
함정이나 독소조항 같은 건 안 보인다.

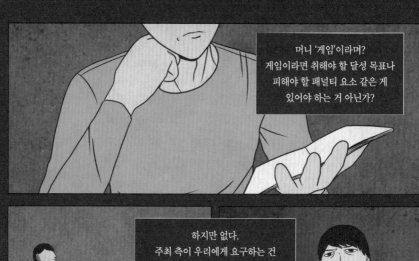

머니 '게임'이라며?
게임이라면 취해야 할 달성 목표나
피해야 할 패널티 요소 같은 게
있어야 하는 거 아닌가?

하지만 없다.
주최 측이 우리에게 요구하는 건
아무것도 없다. 그게 가장 수상하다.

43,427,200,000

대체 왜 이런 게임을
이런 거대한 돈을 들여서?

우적
우적

우적

우적

아그작
아그작

건빵(대용량 업소용)
안에 들어 있는 첨부 별사탕.

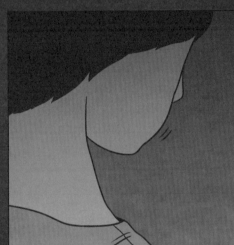

마! 내랑 곤빵이랑
스까서 함 먹봐라!

달달해
디진다 아이가!

ㅈㄹ 달겠지.
한 알 입 안에 넣고 굴리면
퍽퍽한 건빵 맛이
달콤한 꿀맛으로 변하겠지.

결핍이 습관이 돼야 한다.
소비의 경계가 풀리는 걸 경계해야 한다.

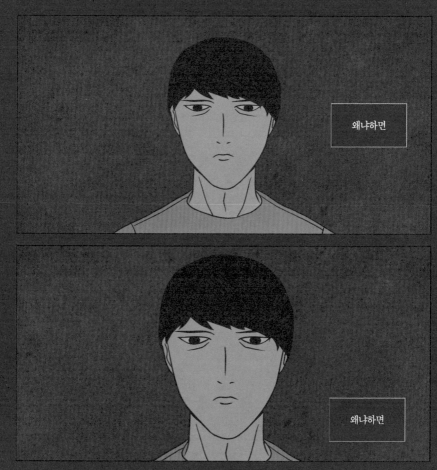

₩24,000

₩4,800

₩21,700

₩1,700

오늘도 5천만 원이 넘는 돈을 썼다.
8인을 곱하면 4억이 훌쩍 넘는 금액.

4억이면 공복을 책임질 짜장면이 8만 그릇

치이이ㅡ

4억이면 저녁식사를 책임질 삼겹살이 3만 인분

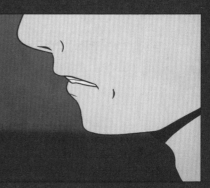

왜

왜. 왜. 왜. 왜. 왜. 왜. 왜. 왜. 왜. 왜. 왜. 왜. 왜. 왜.

왜. 왜 이 ㅅㄲ들아. 왜. 대체 왜. 왜. 왜왜왜왜왜왜.
이틀째잖아. 첫날은 이것저것 필요한 거 갖췄다 쳐도,
이틀째잖아.

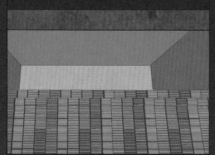

42,140,300,000

4억도 아니고 5억도 아니고
왜 12억이나 사라진 건데?
왜 그래. 시X 왜 그렇게 써대는 거야?
왜? 대체 왜?!

답답하다. 답답해 뒈질 것 같다.
누가 얼마를 썼는지 알 수 없으니
더욱 답답해 뒈질 것 같다.

이 개XX들아. 제발.
양심 있으면. 제발!

상금 사라지는 속도가
너무 빠르네요. 초반 세팅 비용을
감안한다 해도.

이럴 거면 아예……
뭘 얼마만큼 썼는지 서로 솔직하게
얘기해 보는 게 어떨까요.

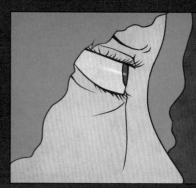

얘기는 무슨. 까봐.

각자 방 까보라고 그럼 바로 잡아낼 수 있잖아.

남의 방 들어가면 안 된다는 법 있어? 그런 거 안 쓰여 있다고

맞다. 그러고 보니. 지정 시간에 자기 방에 있어야 한다는 룰만 있지 남의 방 들어가지 말란 룰은 없었다.

동의한다. 어서 적발해서 막아야 한다.
이대로라면 98일 후에 먼지만 풀파밍해서 돌아갈 판이다.

잠깐.
아무리 맞는 말이라도

이 구도는 좀 찝찝한데?

포식
참가자들 중 최상위 무석자로 보이는 저둘이 한편이 되면,
나머지 쩌리들한테 쟤들 막을 힘이 있나?

내 뜻대로 할거야
이 암색히들아!

아냐. 이건 아직 미구현된 위협이고,
당장은 저 여자 말대로 무개념 ㅅㄲ들을
잡아 족치는 게 우선 아닌가?

어떻게 해야 하지?

어떻게 해야 하지?

어떻게 해야……

아. 알겠다.

우리 돈.

니가 다 처썼구나?

머니게임
MONEY GAME

#5

"8인의 민주주의"

분열.
불과 게임 시작 이틀 만에
의견의 대립. 주장의 충돌. 이상의 상이.

방을 못 보여주겠다? 그렇겠지.
혼자 살려고 이것저것 X나게
처샀으니 못 보여주겠지.

참가자들이 힘과 지혜와 용기를 모아 주최 측에
대항한다는 꿈도 야무진 꿈은 그야말로 한낱 꿈.

룰북에 쓰여진 대로,
거긴 프라이빗 룸입니다. 사생활이
보장돼야 하는 장소입니다.

일촉즉발
풍전등화
위기일발

자 그렇다면
이 상황에서
내가 해야 할 일은?

물론 셋 다 아니지.
이런 상황에서 해야 할 일은 단 하나.

이런 상황일수록
더욱 쥐 죽은 듯 조용히 있는게

저…… 저도 그건
안 된다고 생각해요

바, 방에…… 남한테
못 보여줄 쓰레기나…
그……요, 용변 같은 게
있으니까…

여, 여자분들은
더 그럴 거고……
프, 프라이버시란 게……

저 봐. 나왔잖아.

저런 놈이 보통 끝이 안 좋······

아, 이 경우는
시작부터 안 좋겠는데.

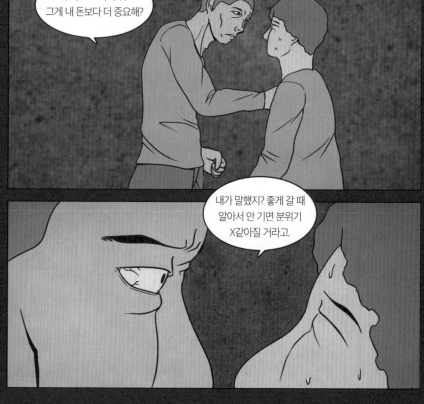

사실 나도, 개인의 프라이버시보다는
공공의 상금이 우선돼야 한다고 생각하는 쪽이다.
똥오줌 좀 보여주면 어때. 수백억이 걸려 있는데.

하지만 이 검열엔 치명적 부작용이 따른다.
그 부작용이란 바로

당장 문 열라고 X발!

저 깡패X끼.
저놈이 부작용 그 자체.
저 무식한 놈에게
주도권을 넘기는 순간

남은 하루하루가
매우 고단할 거란 건
뻔한 일이지만

여기엔 없다.
저 폭력을 막을 힘을 가진 사람도.

막을 수 있는 공권력도.

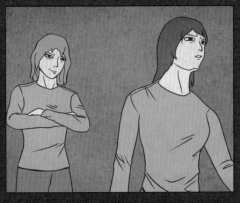

아.
그런 거구나.

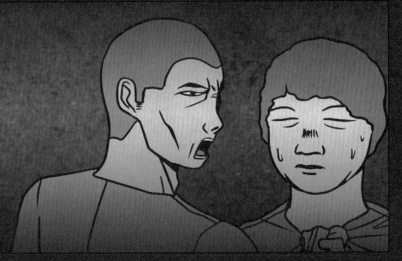

치안도 방범도 엄연한 인프라며 공공재.
사회에서는 당연히 있지만 이곳에선 당연히 없는 것.
우릴 지켜줄 사회 안전망이 당연히 없다는 것.

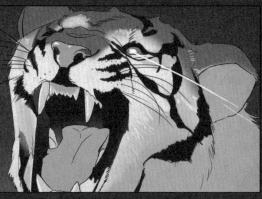

정글의 왕국. 세렝게티의 초원.
이빨 큰 놈이 갑.
이런 것도 역시 이 게임의
개 같은 설계 중 하나다.

까득-

갑자기 정신이 든다.
이대로는 안 된다. 어떻게든 막아야 한다.
여기서 더 밀리면 미래는 없다.

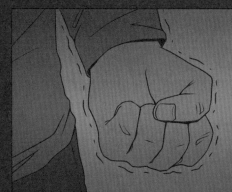

꽈 아 악 _

그래
지금이 바로
「우리」의 힘을
보여줄 때다.

투표 결과 찬성 5 반대 2
기권 한 명으로, 개인실 공개는
보류하도록 하겠습니다.

하지만 계속해서
소비금 제어가 안 될 경우
이 투표는 재개될 것이고,

그때도 같은 결과가
나올지는 알 수 없겠죠?

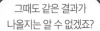

저 멘트는 깡패와 파마녀를 달래기 위한
립서비스인 동시에 개념 없이 막 써대고 있는
미지의 참가자에게 보내는 경고.

물론 저 둘이 '다수결'이라는 의사결정 형식에
무척 수긍해 자진하여 물러선 건 아닐 거다.
그저 수와 명분에 밀린 것뿐.

큰 동물일수록 단독사냥 경향이 강하고
작은 동물일수록 무리행동 경향이 강한 이유.

앞으로 의견 대립이 있으면,
민주적으로 해결하도록 해봅시다.
다들 이의 없으시죠?

그래, 민주적……
아마도 이런 행태가 민주주의의 기원.

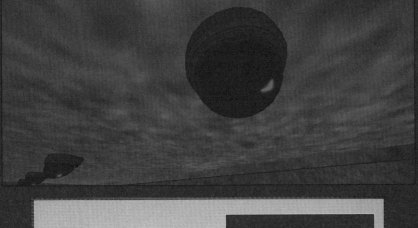

민주주의란 본질적으로
소수 강자의 독식을 막기 위한
다수 약자들의 규합.

당연히 다수의 선택이
항상 옳으리란 보장은 없지만
다행히 당장의 횡포는 막을 수는 있었다.

그래 지금은
그 역할만으로도 충분하다.

그 후, 별일 없이 3일이 지났다.
별일이 없었다는건 상금이 줄어드는 속도가
납득할 만한 수준이 됐단 말이다.

41,783,040,000

3일간 3억5천 정도가 줄었으니, 하루에 1억2천가량을 썼다는 말이 되고,
계속 이 페이스로 상금이 줄어든다는 가정하에 최종 금액을 계산해 보면

(하루 소비) 1억 2천만 X (남은날짜) 95 = 114억

(현재 잔액) 417억 - (예상 소비금) 114억 = 303억

(최종 잔고) 303억 / 8(인) = 37.8억

심 쿵

38억?

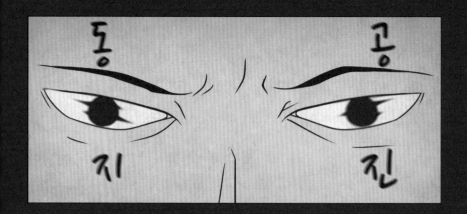

38억? 진짜?
95일 후에 인당 38억을 가지고 나갈 수 있다고?

그래, 꼰대 말이 맞았다.
초반에는 세팅에 필요한 게 많았겠지.
이기적 과소비나 아둔한 사재기가 있었겠지.

하지만 이젠 아니다. 억제가 된다.

41,783,040,000

이대로, 이대로만 가면……

누릴 수 있다. 나도.
상류층을, 금수저를, 플래티넘을, 임대소득을
누릴 수 있다. 평생.

꿀꺽

그러니…… 이쯤에서,
괜찮지 않을까? 아니 오히려,
그래야 하지 않을까?

인간은 탄수화물만
먹어도 살수 있어.
금 요 일
禁曜日 에서 그랬어.

이대로 버티다가 영양실조로
병이라도 나면 그게 더 손해잖아? 그렇지?
아프면 괜히 약값만 더 들어가……

뿌득

ㅅㅂ. 지금 누구한테 뭘 변명하고 있는 거야.
나처럼 등신 같이 아끼고 안 쓴 놈이 또 어딨다고.

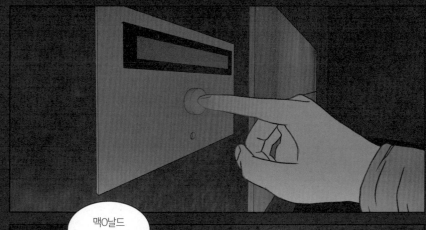

맥O날드
빅O이요.

라지 세트로
부탁합니다.

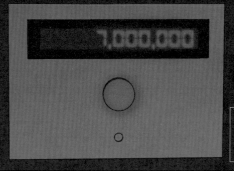

잘 견뎌온 날 위한 선물.
700만 원짜리 작은(?) 사치.

네,
주세요.

간만에 기름진 음식을 먹었더니.

배가.
아프다.

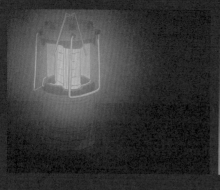

배변이란 누구에게도 방해받지 않고 누구도 신경쓰지 않으며 하는 고독한 행위,
이 행위야말로 현대인에게 평등하게 주어진 최고의 치유 활동이라 할 수 있지.

- 고독한 배변가 中 -

그렇게 돼야 하는데,
이곳에서는 물론 불가능.

그것이 재력이든 권력이든 무력이든 간에,
'력'을 더 많이 가진 자는 그렇지 않은 자보다
언제나 더 많고 넓은 사적 공간을 누려왔다.

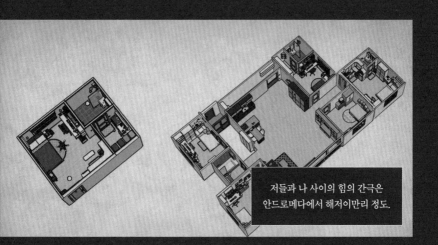

저들과 나 사이의 힘의 간극은
안드로메다에서 해저이만리 정도.

그 간극의 결과가 바로 이것.
우린 그들을 본 적도 없지만
그들은 나의 가장 사적인 행위까지도 볼 수 있는.

하지만 이상하다.
이 상황이, 생각했던 것보다는
부끄럽지 않다.

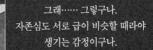

그래…… 그렇구나.
자존심도 서로 급이 비슷할 때라야
생기는 감정이구나.

여행용 티슈

이렇게 압도적인 힘의 격차 앞에선
수치조차 사치.

나와버렷!

그래. 그걸로 됐다. 자존심도 자긍심도 다 필요 없다.

돈. 그저 돈만 벌어 나가면 된다.

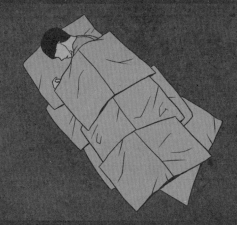

바스락

바스락

바스락

바스락

머니게임
MONEY GAME

#6

"참 이상한 게임"

123

아무도 안 줘!

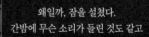

왜일까, 잠을 설쳤다.
간밤에 무슨 소리가 들린 것도 같고

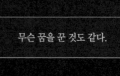

무슨 꿈을 꾼 것도 같다.

오늘로 6일째.
밤새 차감된 액수는 겨우 7만 원. 즉, 7천만 원.

41,058,510,000

격정적이었던 초반 썬을 지나
상황은 안정을 되찾았다. 이대로만 가면
최종상금 30여억 원은 여전히 가시권.

심심하고 배고프고 춥고 목마름
이란 패널티가 있지만
현금 30억을 준다는데

이 정도도 못 참을 사람은 없다.
100일이 아니라 1000일도
감사히 있을 수 있다.

참 이상한 게임이다.
너무 쉬워서 오히려 수상한.
그러니 아직 방심할 때는 아니다.

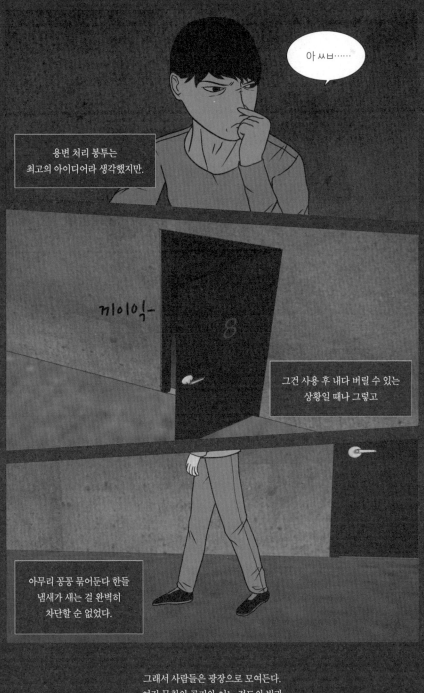

희망 님이 계신 곳이니까!!!

이, 이거… 드실래요?

……

……저건 간지러운 게 아니라
필요에 의해 합의된 교환이겠지만.

저 둘의 조합이 탐탁찮긴 하지만, 객관적으론 괜찮은 전략이라 생각한다.
공권력이 닿지 않는 이곳에서 저 깡패의 무력보다 더 가치 있는 자원은 없으니까.

우두머리 수컷의 마음에 든 암컷은
더 좋은 거처와 더 많은 먹이를 누립니다.

공용으로 읽을 책을 사는 건 어떨까요? 중고로 사면 싸게 구할 수 있어요.

꼰대는 '거수 투표'를 좋아했다.

사, 상비약이 필요할 것 같습니다. 감기약이나 진통해열제 같은 게 있으면······

페브0즈 좀 사면 안 돼? 큰 거 하나 공용으로 아, 다들 냄새 진짜.

찬성 둘, 반대 다섯, 기권 한 명으로 부결되었습니다. 자, 다른 안건 있으신 분?

꼰대는 '거수 투표를 진행하는 리더십 넘치는 자신'과 '깡패 듀오의 횡포를 억제하는 카리스마 있는 자신'의 모습을 좋아했다.

하지만 투표는 매번 부결됐다.
개개인의 취향과 선호는 이렇게도 다르구나. 새삼 깨달았다.

일반적 상황이라면 관계 개선을 우선해 한 발 양보할 수도 있겠지만.
이곳에선 가치 없었다.

뭐 나쁘진 않다.
덕분에 돈은 계속 절약되고 있으니.
어차피 겜 끝나면 다신 안 볼 인간들.

친목질 따위 이곳에선
별사탕 하나 만큼의
가치도 없다.

어느새
일주일이 지났다.

그 ㅅㄲ들,
지금쯤 ㅈㄹ 어리둥절
하고 있겠지.

아니, 100일이 지나도 못잡을 걸. 여기가 어딘지 나도 모르는데 니들이 어떻게?
차라리 어디서 목매달았다 생각하고 포기했음 좋겠……

135

그래, 이거지. 여기서 상금만 잘 챙겨 나가면
그따위 빚. 푼돈이지.

바스락-

바스락 부스럭-

잠깐. 그러고 보니 저 용변 처리 봉투.
저거 언제 저렇게 빵빵해졌지?

푸쉬이이익-

아 ㅅㅂ 냄새!

와 이건 안 좋다.
이건…… 이건 진짜 안 좋다.

그래. 그런 기사를 읽은 적 있다.
고래 사체가 부패해 폭발했다거나
분뇨 수거 차량이 폭발했다거나 하는.

잘은 모르지만,
이것도 그렇게 되는 거 아냐?
조만간 빵 터지는 거 아냐?

BOOM~!

봉투를 열면 → 냄새 지옥.
더 단단한 밀폐 용기에 담으면 → 더 큰 폭발.
참고 살면 → 중독사(사인 : 똥독)

진퇴양난. 이 문제를 해결하지 못하면 앞으로 인간다운 삶은 끝.
아니 인간답긴커녕, 짐승만도 못한 삶 확정.
개돼지도 먹는 데랑 싸는 데는 구분한다.

이건 진심
X된 것 같은데.

비상용 배변 봉투는 말 그대로
비상용이었을 뿐이고, 우리
상황에선 큰 도움이 안 되네요.

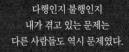

다행인지 불행인지
내가 겪고 있는 문제는
다른 사람들도 역시 문제였다.

많이 생각한 끝에,
공리주의에 입각한 합리적인
제안 하나 하려 합니다.

그리고 꼰대는,
쓸데없이 어려운 말 섞어 쓰는 거 보니
뭔가 밀어붙이고 싶은 안건이 있는 듯하다.

화장실의 해결 없이는,
주거, 환경, 위생, 그 어떤 것도
해결되지 않습니다.

한 명. 단 한 명의 희생으로
나머지 모두가 쾌적한 삶을
누릴 수 있습니다.

물론, 제가 걸리면
저 또한 기꺼이 제 방을
화장실로 내놓겠습니다.

처음엔 그저 황당한 제안으로 들렸지만,
생각해보면 영 허무맹랑한 말은 아니다.
저것도 분명 방법 중 하나인 건 맞다.

내가 걸릴 확률은 겨우 8분의 1
그 확률만 피하면 화장실 걱정 없는
쾌적한 삶을 누릴 수 있다.

4 (깡패방)

TOILET (이젠 화장실ㅋ)

이거 충분히
해볼 만한 도박 아닌가?

그래 나만.
나만 아니면 되잖아!

자. 충분히
생각하셨으면

40,077,272,000

거수
해볼까요?

142

머니게임
MONEY GAME

#7

"이건 내 잘못이 아니야!"

< 직접민주주의 >

시민권을 가진 자 모두가 다수결의 원칙으로
정책 결정에 자기 권한을 행사하는
민주주의의 초기 형태.

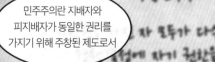

민주주의란 지배자와
피지배자가 동일한 권리를
가지기 위해 주창된 제도로서

현재는 가장 많은
나라에서 선호하는
정치사상입니다.

하지만 이 역시 인간이
만든 제도인 만큼
한계점 역시 분명하지요.

참가자 8인의 방 중 하나의 방을
공용 화장실로.

돌려돌려

똥림판

꼰대의 말 그대로.
가장 잔인하지만 동시에 가장 효과적인 방법임엔 틀림없다.

괜찮아요 괜찮아.
다들 먹는 게 변변찮으니
나오는 양도 적을 거예요

단 한 명의 희생으로
나머지 모두가 쾌적한 삶을
누릴 수 있다.

어차피 중세 이전엔
화장실이란 개념도 그닥 없었어요
거리에 똥오줌 쌓인 거 안 밟으려고
하이힐이 발명됐단 썰도 있잖아요

40,933,272,000

하지만……
정말 괜찮나?

그거 말고도 다른 방법이 있지 않을까요? 광장에 공용 화장실을 설치한다거……

걸린 사람은 지옥 같은 90여 일을 지내야 하는데. 그게 나일 수도 있는데.

아.

그건… 안되겠네요

그래. 안 되지. 카메라를 가리면 상금이 차감되니. 광장에 만들 수 있는 화장실은 사방 뚫린 개방형 화장실뿐.

보여져버렷!

그보다 더 중요한 건, 스튜디오 내에서 이곳만이 유일하게 빛과 무취의 공기가 있는 곳인데 이곳마저 오염시킬 수는 없는 일.

긴 정적.
어떤 선택이 더 좋은 건지, 더 합리적인 건지
더 자신에게 유리한 건지, 생각이 복잡하겠지.

자, 숙려
끝나셨으면

투표 진행하겠습니다.

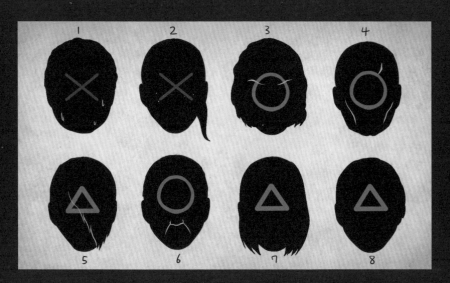

찬성 3 반대 2 기권 3

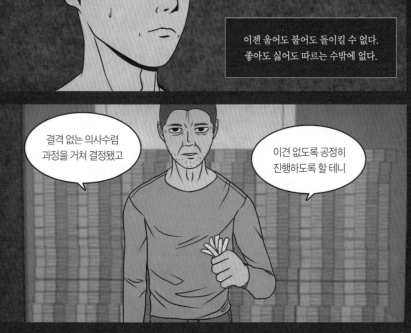

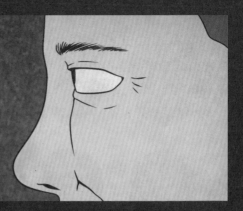

누가 걸리든, 일체의
이의 없이 수용해
주시리라 믿습니다.

자 그럼.

7개는 천국행. 1개는 지옥행 티켓
8분의 1 확률에 걸린 일생일대의 승부.

시작할까요

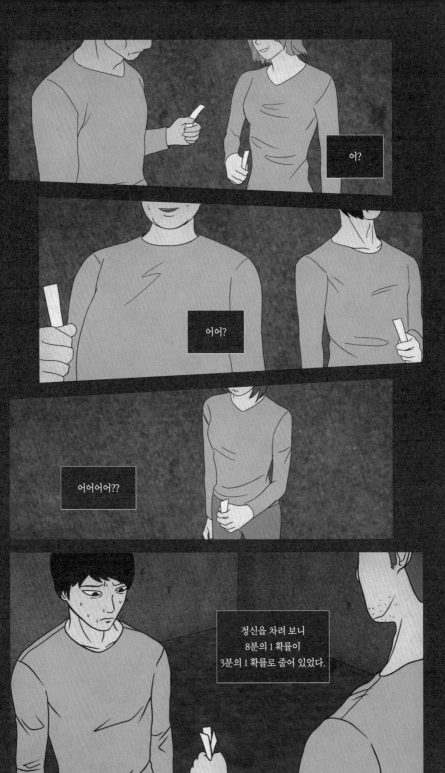

와 잠깐. ㅅㅂ. 잠깐만. 와. 이건 아니잖아.

이러지 마. 나한테 왜 이래?
8분의1 확률이었잖아.
걸리는 게 더 어려운 확률이었잖아.

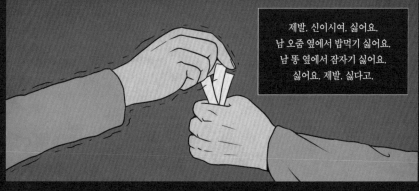

제발. 신이시여. 싫어요.
남 오줌 옆에서 밥먹기 싫어요.
남 똥 옆에서 잠자기 싫어요.
싫어요. 제발. 싫다고.

제발! 제발! 제발!! 제발!!!!!

해냈다아아아아아!!!!!!!!!

감사합니다. 신께 감사드립니다.
앞으로도 굳이 믿진 않겠지만
오늘만은 감사드립니다.
+5점 드리겠습니다.

아 그럼……
남은 사람은 저 둘.

치이-

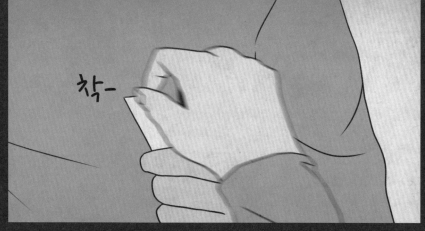

잠깐. 저 꼰대. 방금 훼이크 쓴 거 아냐?
분명 구라 시그널 보낸 것 같은데?

자기 입으로. 이견 없도록
공정하게 라고 하지 않았었나?

하지만
이의를 제기하는 사람은
아무도 없었다.

곤대의 안면 훼이크가
도덕적 비난은 받을 수 있어도
물리적 방해를 한 건 아니니까.

그리고 이미 희생양이 정해진 지금,
괜한 분란으로 재투표 같은 리스크를
감내할 사람 또한 없으니까.

한 번만… 한 번만
다시 생각해
주시면 안 될까요?

속은 사람만 불쌍할 뿐.
순진한 건 죄가 아니지만
그렇다고 자랑이 되는 것도 아니다.

제… 제가 몸이
많이 안 좋아요… 제발…
제발 없던 일로……

이곳처럼 배려나 우호가
무가치한 곳이라면 더욱.

그럼, 여기 몸 좋은 사람도
있나? 하여튼 어린 X들은
자기밖에 모른다니까.

2호와 7호
둘은 한참을 이야기했다.

아마 남자들에겐 말 못할 사정이 있겠지.
그러면 저 여학생(추정)이 마음 터놓고
애기할 사람은 7호가 유일.

결심했답니다. 다만,
방 정리할 시간 정도는
줬으면 해요.

그렇게 잠시간의 정비 후
공용 화장실이 오픈했고

가장 먼저 화장실······
아니 여학생의 방으로 뛰어간 건

이거 죄송하네.
금방 나오겠습니다.

지금까지 변을 참아왔을
꼰대였다.

뒤척

뒤척

정적을 뚫고 희미하게
흐느끼는 소리가 들려온다.

흐윽, 흐윽흑흑, 흑흑, 흐윽, 흑

화장실 문제가 해결되면
마냥 기쁠 줄 알았다.
하지만 의외로 찝찝한 감정이 훨씬 컸다.

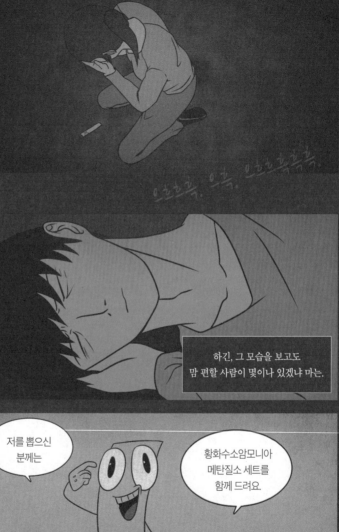

으ㄹㅎ큭, 으큭, 으ㄹㄹ큭큭큭.

하긴, 그 모습을 보고도
맘 편할 사람이 몇이나 있겠냐 마는.

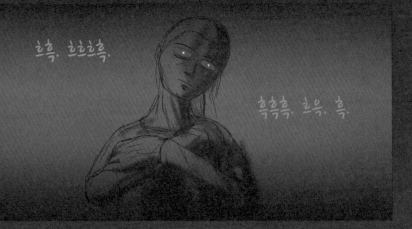

흐흑. 흐흐흑.

흑흑흑. 흐윽. 흑.

그러니 이제 그만. 그만 좀 받아들여.
룰대로 투표했고 결과에 따랐잖아.
그냥 네가 멍청해서 속은 것뿐이잖아.

흐흑. 으흑흑흑. 으허어어엉으허엉헠

그러니 좀
제발 좀

거어어어엉 흐어아어으 끄아아아으어이

이 씨……

아 어쩌다.

어쩌다 내가.
이렇게.

내가 이렇게
저열한 인간이었나.

아냐. 이건 다 저 ㅅㄲ들 때문이야.
저놈들 때문에 이렇게 된 거야.
여기선 누구라도 이렇게 될 수밖에 없어.

그래. 이건 절대.

내 잘못이

아니야.

머니게임
MONEY GAME

#8

"작은 만찬회"

인류가 이룩해낸 눈부신 문명은
생명이라면 피해갈수 없으리라 여겨지던
수많은 고통에서 우리를 해방시켜 주었다.

질병의 고통

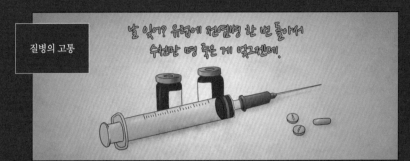

날 잊어? 유럽에 전염병 한 번 돌아서
수천만 명 죽은 게 엊그젠데.

위생의 고통

날 잊어? 상하수도 덕에 너들 평균 수명이
수십 년은 늘어났는데.

안전의 고통

날 잊어? 호랑이한테 애들 물려죽던 그 수억들을?
호환이라 고뢰했잖아

기아의 고통

날 잊어? 하긴 그래니까 년에 15억 톤 음쓰가 나오지.
배가 처불렀네 아주 ㅋ

문명화된 사회에선
그저 오래된 구전일 뿐일 저 고통들이

이곳에선 구전이 아닌 실재.
고통에 대한 면역이 소실된 현대인에겐
그만큼 치명적인, 되살아난 고통.

몸이......
많이 아파요......

아 시1 냄새

뒈지고 싶지. 응?

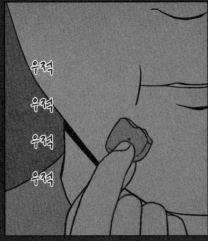

우적

우적

우적

우적

그리고 정말 괴로운 건,
이 고통들을 스스로 선택해
스스로에게 주어야 한다는 것.

간단한 동작 몇 번으로,
이 고통에서 당장이라도 벗어날 수 있다.

push - order - enjoy :)

꼬르륵

꼬륵

꼬륵

하지만
그렇게 할 수 없다.

꼬륵

꼬륵

꼬르륵륵

꼬륵

그렇게 할 수 없도록
설계된 게임이다.

9일째.

40,380,540,000

이틀간 차감된 금액 약 5억 5천.

최근 안정일로였던
잔액 페이스에 비하면
좀 더 많은 돈이 사라졌지만

콜록-

콜록-

누가 돈을 쓴 건지는 대충 짐작이 가능했기에
크게 시비 거는 사람은 없었다.

이 정도 지출은

화장실 사용료 정도로 납득한 것 같다.

학생의 상태는 눈에 띄게 피폐해져 갔지만
타인을 동정하기에는,

그런 고차원의 감정을 가지기에는.
다들 몸과 마음의 여유가 너무도 없었다.

자신에게 쌓인 스트레스를
타인에게 푸는 법밖에는
배우지 못한 인간들

. . . . .

너. 내가
지켜보고 있어.

한번만 걸려봐 진짜.

이곳은 스스로에게
또 서로에게 고통밖에는
건넬 수 있는 게 없는 곳

남은 90여 일이
아득히 멀게 느껴진다.

175

위협이 되지 않는 안전한 사람들

덕후　　여학생　　꼰대

엮이면 피곤해지는 무식한 것들

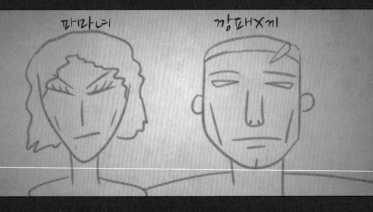

파마녀　　깡패X끼

그리고
미심쩍은 인간들

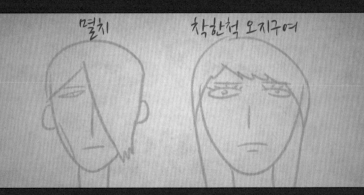

멸치　　착한척 오지구여

7080 헤어스타일의 멸치는
어떤 의사결정에도 참여하지 않고
아무런 주장도 내세우지 않는다.

그 한결같은 아담이
수상쩍긴 하지만, 캐릭터를 파악할
어떤 단서도 없기에 일단 보류.

그보다 진짜로
수상한 인간은

개인실을 뒤지는 건
안 됩니다. 거긴 말 그대로
프라이빗 룸입니다.

깡패놈과 파마녀의 횡포를 막기 위해
일단은 그녀의 주장에 동조한 모양새가 됐지만.

아무것도

7

안 숨겨놨음

필사적으로 방을 안 보여주려는 이유가
단지 프라이버시 때문이라고는
생각되지 않는다.

KEEP
OUT

열흘째.
모두의 스트레스가 극에 달했을 때 즈음
다들 정신줄을 놓기 직전일 즈음

힘드시죠 다들? 알아요
저도 너무 힘드니까.

꼰대가 제안을 꺼냈다.

어디 보자보자······
잔액 관리는 이만하면
순조로운 것 같으니까.

열흘 텀 정도로 소소한
브레이크타임을 가지면 어떨까 싶은데.
다들 어떻게 생각하세요?

팽팽한 고무줄. 어쩌면 팽팽한 풍선.
뭐가 됐든.

슬슬 한계에
도달한 것 같아요.

이쯤 되면 누가
어떤 식으로 폭주해도
이상하지 않을 겁니다.

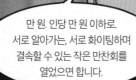

만 원. 인당 만 원 이하로.
서로 알아가는, 서로 화이팅하며
결속할 수 있는 작은 만찬회를
열었으면 합니다.

주최 측이 원하는 건 우리끼리
반목하고 싸우는 모습일 텐데, 이 회식이
분위기를 환기시켜 줄 거라 생각해요.

인당 만 원. 여덟이면 팔만 원.
물론 여기선 8천만 원.

나는 대대대대머대 찬성이다. 열흘간 참았다.
쩐내를 안 들킬 방법이 없어. 이를 악물고 견뎠다.

저기……
각자 원하는 걸 사는 거니

기호식품도 가능한 거 맞죠?
담배 같은 것도?

당연히 담배, 커피, 술
다 괜찮지 않을까요?
금액 이하로만 구매하면.

저 여자.
웬일로 맘에 드는 대답을?
+8277섬 느립니다!

좋습니다. 가결 시 금일 밤
개별 구매 후 익일 17시
거행으로 하겠습니다.

그럼 충분히
숙고하셨으면

당신의 음식에게
투표하세요!

그리고

"모두에게 X리 감시 트웨니이이!!!"

가결됐다.

젤 쎈 거. 젤 독한 거. 젤 니코틴 쩌는 거.

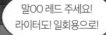

말OO 레드 주세요!
라이터도! 일회용으로!

혼자 빨기 미안하니 나머지 잔액으로는
함께 먹을 수 있는 달다구리.

그리고 ABCD
초콜렛 한 봉지랑…

코초파이
한 상자요

B,700,000

아아 오신다. 그분이.
마침내 뵙는다. 그분을.

네! 네!!
사겠습니다!

먹고 싶은 건 방에서 몰래 먹으면 되지 굳이 왜?
라는 내 생각은…… 인정한다. 멍청했다.
만찬회는 매우 아주 너무 좋은 아이디어였다.

이곳에 온 후 처음으로 발견하게 된
저들의 온화한 표정과 온전한 대화.
그래, 이런 곳만 아니라면 어쩌면 평범한 사람들.

쭈우우우우우우웁-

숨통이 트인다.
독연으로
막혀 있던 숨통을 틔운다.

파아아아아아아아-

니코틴과 벤젠과 카드뮴과 타르가
짬뽕된 이 더러운 연기가.
아이러니하게도.

쩐다……

즐거울 일도 기쁠 일도 별로 없는 이곳에서는
그야말로 생명의 연기.

감사합니다.
꼰대라고 우습게 봐서 미안합니다.
죄송합니다.
미천하여 크고 넓은 뜻 몰라뵈었습니다.

근데 고마운 건 고마운 거고
저 아저씨

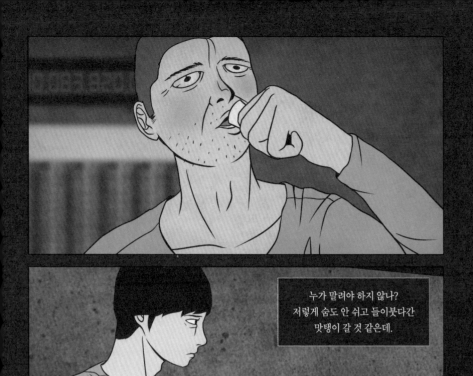

누가 말려야 하지 않나?
저렇게 숨도 안 쉬고 들이붓다간
맛탱이 갈 것 같은데.

저기⋯⋯
잠시 시간 괜찮으세요?

네? 아 네.

무슨 일로⋯⋯

저기……
혹시 괜찮으시면……

잠시 제 방에 와주실 수
있으신가 하고……

응? 방? 둘이? 갑자기?

지금? 같이? 한 방에?

아 그렇구나. 외로웠구나. 무서웠구나.
아무리 둘러봐도 의지할 남자가 나밖에 없었구나.
그렇다면 망설이지 않고 남자답게.

그럼 그, 그, 그, 그
그럴…… 까요?

머니게임
MONEY GAME

#9

"믿을 만한 사람"

띵동 띵동 띵동 띵동 띵동 띵동 띵동 띵동 링딩동 띵동.

191

여기서 남자라곤 꼰대와 깡패와 덕후와 멸치와 나.
뭐 자랑은 아니지만 좀 자랑을 해보자면

그중에 멀쩡한 남자는 나밖에 없지 않나?
그건 아무도 부정할 수 없지 않나?

자, 맘껏 보세요

네? 보라구요?
ㅎㅎ; 적극적이시……

보시라구요
이 방에 뭐가 있는지.
제가 뭘 숨겼는지.

어?

아니었어?
키
X스 하자는 게… 아니었어?

내내 신경 쓰였다고 했다.

가득한 의심의 시선으로 자기를 쫓는 게.
집요한 불신의 눈빛을 거두지 않는 게.

그 고요하고도 집요한 관찰이
견디기 힘들었다고 했다.

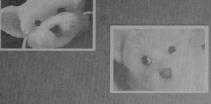

다 보셨어요?
어떤가요?

아직도 제가
의심스러운가요?

내 방과 별 다를 것 없는, 휑한.
별 다른 건 아무것도 없는.
그녀의 방. 7호실.

……아니요

은닉을 의심했고 초대를 오해했다.
혼자 ㅈㄹ 똑똑한 척 ㅈㄹ 스마트한 척
그릇된 단서 몇 개 주워 들고는
신나 까불었던 것뿐이었다.

……죄송합니다.
의심해서.

쪽팔린다. 쪽팔려 죽으려면 지금이 바로
그때다 싶을 정도로. 쪽팔린다.

저도 미안해요 방법이
과격해서. 하지만 빨리
오해를 풀고 싶었어요

8호 님은 믿고 이야기
나눌 수 있는 사람
같았으니까요

조금. 아주 조금.
기분이 좋아졌다.

생각하면 할수록
소름이 끼쳐요.

7호는 말을 이어 나갔다.

섭외에 적당한 사람인지
아닌지 판별하기 위해

저들이 얼마나 오랜 시간
우릴 스토킹 했을지.

상황이 절박한 사람.
돈이 절실한 사람.
미래가 절망적인 사람.

그런 사람들을 선별
하기 위해 얼마나 집요하게
우릴 관찰해 왔을지.

WE
INVITE
YOU

119

하지만 저 수많은 조건들도 그저 섭외의 기본 요건일 뿐.
진짜 소름 돋는 선별점은 따로 있다고 했다.

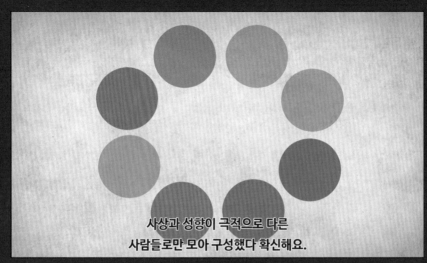

사상과 성향이 극적으로 다른
사람들로만 모아 구성했다 확신해요.

겨우겨우 억지로 섞인다 해도

그 결과가 좋을 리 없는.
전혀 다른 가치관을 지닌 사람들로만.

각각의 정의가 너무도 달라
모두 자신이 정의라 생각하지만
최후에는 서로에게 악역이 될 수밖에 없는.

저 역시 돈이 필요해요
반드시, 꼭, 벌어 나가야 해요
그러니 부탁드릴게요

그래서 더 정신 차려야
해요 주최 측의 농간에
휘둘려선 안 돼요

무사히. 아무 일 없이.
이 게임을 마칠 수 있게
힘을 보태주세요

방을 나섰다.

광장에선 아직 회식이
한창이었지만

다시 저 틈에 섞여
웃고 떠들 기분은 들지 않았다.

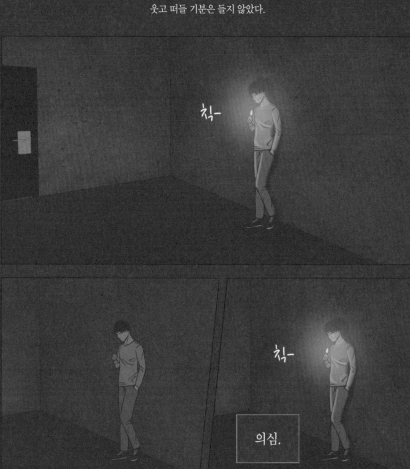

치-

인간 사이 균열의 시작점은
거의 언제나 사소한 의심에서부터.

에브리나잇 치킨처묵
파아뭐~~

춥다고? 왜? 몽클레레
롱패딩 사입으면
안추운데?

명품 빽 살거야. 그럼
돈 다 사라져도 남잖아.

누가 얼마를 썼는지 공개하지 않는다는 건
서로를 의심하게 만들려는 뻔한……

앗 뜨거!!

그 뻔한 짓거리에 걸려든 멍청이가
바로 나.

고마웠다. 이 게임의 가장 큰 독소가 의심과
분열이란 걸 다시 한번 상기시켜 줘서. 고마웠다.

저는 8호 님만
믿.을.게.요.♥

- 본 이미지는 개인의 과장이 들어가 있습니다 -

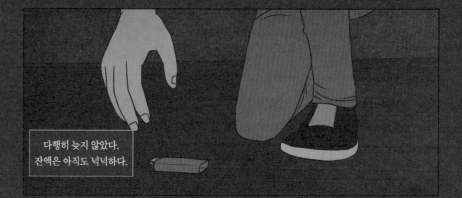

다행히 늦지 않았다.
잔액은 아직도 넉넉하다.

치이이익-

그래. 7호의 말대로 여기 사람들은
이상, 사상, 성향, 정의, 가치관.
어느 하나 공유 가능한 부분이 없어 보이지만

힘내! 아직 400억이나 남았어!

우리에겐 수백억의 상금이라는
개개인의 개성을 충분히 짓밟아낼 공동 목표가 있다.

후우-

보기좋게 해낼 테고
꼴좋다며 웃어줄 것이다.

회식을 열어 모두를 다잡은 킹꼰대와
마음을 열어 나를 다잡아준 갓7호에게
다시 한번 감사를.

40,083,820,000

띠릭—

띠릭— 35,873,010,000

야 이 X이이이이발!!!!
어느 개X끼야아아아아!!!!
뭐…… 뭐야.
뭐지?
뭔 일 났나?
다 튀어나와 이
개X끼들아아아아아!!!!
X발. 뭔 일이야 아침부터.
깡패X낀 아침부터 왜 저 X랄……

35,873,010,000

뭐지? 뭐야. 뭐야 저 숫자는.

어제…… 그래 어제는.
400억 넘게 있었잖아. 분명히. 넘게.

35,873,010,000

뭐, 뭐, 뭐가 어떻게 된거야?
어떻게 하루 아침에 40억이 사라져??

누가 썼는지 말하라고!!
다 처죽여 버리기 전에!!!

왜. 대체 왜. 매번 왜 이렇게 되는 건데.
어젠 분위기 좋았잖아. 다들 으쌰으쌰 잘했잖아.
왜 항상 인생도 게임도 X도 계획대로 되는 게 없는 건데.

한 명 안 보여.
6호실 아저씨

제발. 아 제발. 지금이라도.
그냥 몰카였지롱 놀랐지롱 하면 안 될까?

불길하다. 너무나 불길하다.

그리고 불길한 예감은

콰

앙-

그륵-

그르륵-

여지없이
들어맞게 마련이다.

그륵-

그르르륵-

그르럭-

1억. 거절하면 자기
와이프랑 친구랑 회사에
동영상 보낼게요^^

답장은 최대한
빨리 👀

머니게임
MONEY GAME

#10

"가만히 당할 순 없다"

쿠르르릉-

이 아저씨. 왜 이러고 있지?

하룻밤 술값으로 **40억**을 썼다고?

쿠르르르르릉-

급성 알콜 중독? 이거 **위험**한 거 아닌가?

미친ㅅㄲ인가? 하루 만에 술을 **400만원**치 처마셔?

원래 알콜 중독자였나? 그러고 보니 코가.

지금이라도 병원 가면 살릴 수 있든 건가?

40억 됐든 돈!! 내 돈!!!!

어쩌지? **40억! 40억** 됐든 건가?

내 돈! 내 돈 **40억** 어쩌지? 119 불러야 하나? 병원? 돈은?

그냥 죽어. 너 같은 건 죽어도 싸. 걍 뒤지라고!

콰
라
라
라
콰
쾅

뇌우로 가득 찬 밤하늘
흩뿌려지는 낙뢰처럼
생각의 조각들이
갈피 없이 점멸한다.

'이런 놈은 죽어도 싸다' / '이런 사람이라도 살려야 한다'
양극의 판단이 한 치의 양보 없이 맞선다.

일단 그들을 믿고 안 쓰는 게
제일 좋은 전략입니다.

거수로 정해 보도록 하죠.
찬성하시는 분 손?

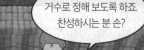

돌이켜 보면, 꼰대는 처음부터
중독된 인간이었다.
권력에, 허세에, 그리고 알콜에.

살면서 숱하게 봤던
그런 인간들 중 하나였다.
앞세운 말이 행동을
보증하지 못하는.

40억. 꼰대가 뱃속에 때려 넣은
오래된 알콜이 40억. 인당 5억.
네가 내 돈 5억을 먹어 치운 거다.

화합이. 믿음이. 만 하루도 지나지 않아 박살났다.
그래. 그냥 죽는 게 좋겠다. 합당한 벌이다.

하지만 내가 죽일 수는 없다.
그렇다면.

그냥 두는 건?
그냥 아무런 행동도
취하지 않으면?

그럼 내가 죽인 건 아니잖아.
그야말로 자기가 자기를 죽인 거잖아.

폭력.

균형이

무너졌다.

힘의 균형뿐 아니라.
명분의 균형까지도.

- 프라이버시를
  존중합시다

35,873,010,000

(쟌넨! 마이너스 42억이었습니다^^)

그리하여 힘으로 저지할 수도.
명분으로 설득할 수도 없다.

안 부르면…
죽어요…

아저씨… 쿨럭,
죽어……

아직 덜 처맞았지?
그래, 그럼 오늘 아주…

그만 두세요!
어차피 못 불러요!!

여기가 어딘지도 모르는데
구급차를 어떻게 불러요?

그리고 룰북에 쓰여 있잖아요
한 번 참여하면 100일 동안
나갈 수 없다고……

정말? 진짜 아무런 방법도 없나?
여기서 아프거나 다치면, 그냥 죽어야 하나?

다 알아요…
왜 안 구하려는지
다 안다구요……

이 아저씨 죽으면 받을 돈
늘어나니까 그러는 거잖아요…

모두 어렴풋이 인지하고 있었지만
누구도 입 밖으로 내지 못했던 그 말.
아니, 그 계산.

$$400억 / 8명 = 50억$$
$$360억 / 7명 = 51.x억$$

꼰대가 죽으면
오히려 1인당 1억이 늘어난다.

그르럭-
그럭-

그리고 이 또한 모두 어렴풋이 인지하고 있지만

꿀럭-

게임 시작 17일.
꼰대 사후 5일.

스튜디오에는 몇 가지 변화가 생겼다.

이제 좀
살것같네

오홓홓호홓

깡패의 비호를 받는 파마녀는.
따듯한 옷과 상큼한 향수와
넉넉한 음식을 누렸다.

니들이 뭘 처사든
뭘 처먹든 관심 없는데.

하루 천만 원 이상
없어지면 뒈질 줄 알아 다들

35,586,73

깡패와 파마녀를 제외한 참가자들은
구매의 자유를 빼앗겼다.

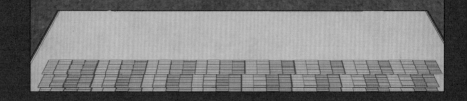

하루에 쓸 수 있는 금액은 인당 2천 원으로 제한.
5인이면 만 원. 여기선 천만 원.

하아-

하아-

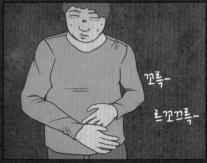

꼬륵-

르꼬꼬륵-

이백만 원이면, 작은 물 한통과 소량······
아니, 극소량의 음식을 살 수 있는 돈

꼰대가 리더였던 형식적 민주주의에서
깡패가 집권한 실질적 독재체제로의 변화.

그리고 마지막 변화는
2호실 여학생에게는 최고의 호재인
공용 화장실(겸 쓰레기장)이 생긴 것.

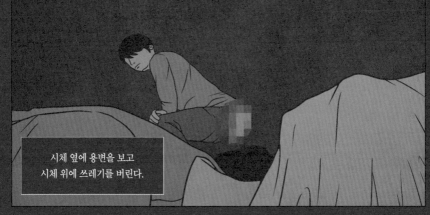

시체 옆에 용변을 보고
시체 위에 쓰레기를 버린다.

저 향은 고인에 대한 예우인 척하지만
시취와 변취를 없애기 위한 고육지책.

이건 명백히,
사탄도 고개를 저을 만한
악랄하고 끔찍한 고인 모욕이지만.

사자에 대한 예우를 차릴 정도로
제정신을 유지하고 있는 인간은
더이상 없다.

휘적 휘적

사람이 죽었는데.
자기들이 주최한 쇼에서 사람이 죽었는데.
저들에게선 아무런 메시지도 움직임도 없었다.

이로써 확실해진 건,
주최 측은 제임 중 어떤 상황이
발생하더라도 절대 개입하지 않는단 것.

…보고는
있는 거겠지?

다시금 깨닫게 된다. 우리가 얼마나 사회에서
격리돼 있는지. 그리고 사회에서 습득했던
상식에서는 또 얼마나 고립되어 가는지.

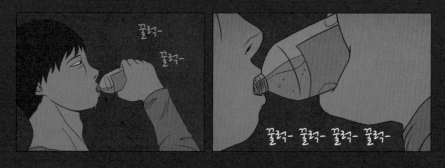

은연중, 저들을 게임을 지켜보는 공정한 심판 정도로 생각했지만,
아니었다. 애초에 그럴 리 없었다.

시이X… 배가
고프다 못해 아프네…

그래, 시X. 원하는 거
다 보여줄게.

사고도 치고 싸움도 하고
똥꼬쇼까지 할 테니까.

TV속 연예인들이 봉변을 당하면 시청자들은 그저
웃고 즐길 뿐. 거기 개입하겠단 생각따위 할 리 없었다.

돈. 돈만 줘.
돈만 주면 돼……

무대와 객석 사이 가로놓인 제4의 벽을
저들이 깨고 들어올 이유는 애초에 없었다.

방통법 따위 없는 이곳은
방송 수위가 '살인적으로' 높으니.

그만큼 더욱 흥미진진 짜릿하겠지.

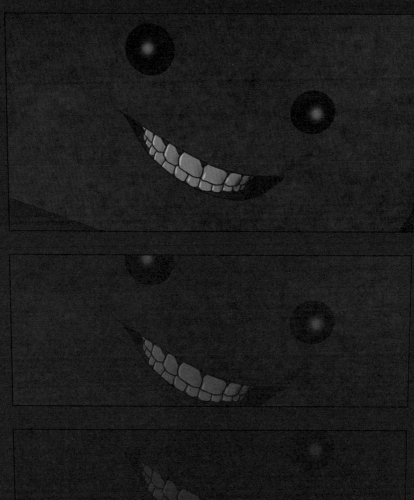

게임 시작 18일째.
웃프게도, 독재체제의 장점을 하나 발견했다.

35,543,800,000

독재 커플의 행동거지에는 이가 갈리지만
그래도 잔액 관리 하나는 기막히게 잘된다는 것.

5일 동안 3억쯤 썼으니까…
하루에 6천만 원…

6000 x 82

남은 82일이면
대략 50억…

최종 금액 대충
300억 남는다 치면
인당 43억인가?

ㅎㅎ… 43억……
ㅋ…43 ㅋ 억…
ㅋㅋㅋㅎㅋ

다시 돈뽕이 차오른다. 43억이면 충분히 오버도즈.
민주주의고 X랄 자유의지고 간에 돈이 최고다.
약속한 돈만 주신다면 구두 핥아드리고 쿨퇴장 가능하다.

이대로만 쭉 가면.

괜찮아 괜찮아.
이 정도면. 견딜 만해.

이 정도면……

착한 독재
ㅇㅈ합니다……

이대로만 쭉 간다면.
말이다.

그래서,
이대로 괜찮다구요?

아니 뭐… 그렇다기
보단… 큰 문제는
없으니까 일단……

제가 사람을
잘못 본 것 같네요

뭐야 갑자기.
지 맘대로 사람을 잘 봤다가 잘못 봤다가.
그럼 뭐 어쩌잔 말이야?

6호실, 그 방을 지날때 마다
끊임없이 상기하게 돼요.

고인이 안치돼 있습니다.
조문객들은 예의를 갖춰
찾아주시기 바랍니다.

이 게임의 룰은
잔액의 감소를 억제하는 게 아니라
참가자의 감소를 유도하고 있구나,
라는 생각을.

분자(금액)

분모(참가자)

저들이 그걸 잊었을 것 같나요?
아니면 무시할 것 같아요?

하루 2천 원 제한?
그건 역으로 우릴 안심시키기
위한 표면적 제재 아닐까요?

저들 입장에선, 결국엔
배당받을 사람을 줄이는 게
훨씬 이득이잖아요.

알고 있다. 그건 알고 있지만.
그래서 어쩌라고.

저 둘을 자유롭게 두는 한, 이 공포는 절대 없어지지 않을 거예요.

그러니까, 그래서, 아니, 그, 그러니까······

그, 그, 그럼······

우리가 먼저.

저 사람들, 죽여야 된다구요?

머니게임
MONEY GAME

#11

"아무도 믿을 수 없다"

8호 님은.

죽여본 적 있나요?
사람을?

네? 아, 아뇨……
그럴 리가……

그럼.

죽일 수 있나요?

사람을? 내가?

내가

내 손으로, 내 의지로, 사람의 목숨을

끄억....
컥......
끄어어억....

끊어 낼 수 있냐고?

크크크크큭......

.....크....음

안될 것 같은데요
역시.

살인이라니.
가능할 리가.

못하죠.
상식적으로 그런 거.

네. 그 말이 맞아요.

현실은 만화도
영화도 아니니까요.

애초에 사람은, 다른
사람을 쉽게 죽일 수 있게
설계되지 않았어요.

7호가 말했다.
한해 자살자 수는 2만 명이 넘지만
살인 사건의 수는 그보다 훨씬 적다고.

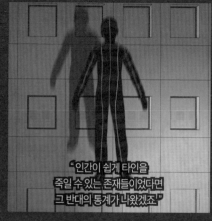

"인간이 쉽게 타인을
죽일 수 있는 존재들이었다면
그 반대의 통계가 나왔겠죠."

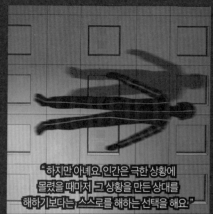

"하지만 아녜요. 인간은 극한 상황에
몰렸을 때마저 그 상황을 만든 상대를
해하기보다는 스스로를 해하는 선택을 해요."

242

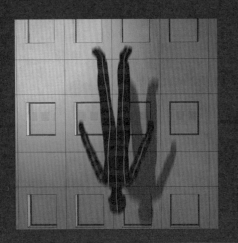

" 그 정도로 강력하게 억제되어 있어요.
타인의 목숨을 앗는 행위는. "

하지만.

이 억제 시스템이 망가진
사람이라면 가능하겠죠.

죄의식 없이
타인을 죽이는 게.

그, 그럼, 3호나 4호가 그런…
망가진 사람이란 겁니까?

그건 저도 몰라요.
그래서 무서운 거예요.

243

만약, 만에 하나, 저들이 그런 사람들이라면. 주최 측에서 그런 사람을 선별한 거라면……

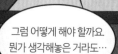

아 ㅅㅂ 괜히 들었다. 무섭잖아. 오늘은 랜턴 켜고 잔닷.

그럼 어떻게 해야 할까요 뭔가 생각해놓은 거라도…

애써 외면하던 현실이었다.
그걸 저 여자가 모가지를 돌려 직시하게 했다.
그러니까 책임져. 책임지고 안 무섭게 해줘.

방법은 하나예요

모두의 힘을 합쳐야 합니다.

뭐라고?!

아니  그런!

개뻔한 소리를. 힘을 합쳐 용기를 가지고 악의 무리에 맞서 보아요! 같은 말을 갑자기 여기서?

8호 님은, 어째서 소수 강자에 굴종하는 다수의 약자들이 생긴다고 생각하세요?

소수 소유주에게 착취당하는 다수의 노예.

소수 침략자에게 굴복하는 다수의 원주민.

소수 독재자에게 억압받는 다수의 국민 등등.

소수가 다수를 제압할 수 있는 힘이

뭐라고 생각하세요?

어…법이나 무기나 군대…같은 거…요?

맞아요. 그럼 여기엔, 이 스튜디오엔 그 셋 중 뭐가 있죠?

어라?

……

들고 보니 그렇다.
여기 있는 건 오직 사람. 인력(人力)뿐.

연애질이 아니라 생존질을 하고 있는 거였지만
대충 하하 얼머무린 뒤 우린 각자의 방으로 튀었다.

그날 밤,
개인실 폐쇄 직전

7호가 쪽지 한 장을 건넸다.

쓰읍 쿵쿵

하아 미묘하게 7호의 냄새가 나는 것 같……
기도 하지만, 이럴 때가 아니지.

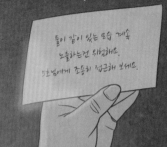

ㅡ 둘이 같이 있는 모습 계속 노출하는 건 위험해요.
5호 님에게 조용히 접근해 보세요.

둘이 같이 있는 모습 계속
노출하는건 위험해요.
5호 님에게 조용히 접근해 보세요.

5호?
5호라면…

그 말라깽이?

하긴. 1호실 뚱땡이보다는 전력에 보탬이 될지도.
하지만 문제는 그게 아니잖아.

그 사람이 우리 편이 되리란 확신이 있나?
만에 하나

하지만 들이대보는 수밖에 없는 게 현실이다.
하지만 막 들이대는 게 위험한 것 또한 현실이다.

최대한 신중히 접근해
5호의 의중을 파악해야 한다.

와 ㅅㅂ 진짜. 쿨내 오지네.
사람이 농담을 하면 웃는 시늉이라도……

아, 한가하고 좋다.
좀 쉴까.

이제 어쩌지? 대놓고 물어봐?
"님 우리 합심해서 깡패 조질까요?"

아냐아냐. 은근히 물어봐야 되나?
"님 우리 합심해서 깡패 만질까요?"

미치겠네 진짜. 주최 측은 어디서
이런 나사 빠진 인간들만 구해온 거지?

질겅

'모두가 한마음 한뜻으로 악의 무리를 물리치자.'
작전은 별다른 진전 없이 답보 상태.

질겅징겅

일단 5호 포섭이 딜레이 되면서
동력을 잃은 게 첫 번째 이유지만

아직은
때가
아닙니다.

그보다 주요한 이유는, 나머지 인간들이
은근 현 상태에 만족하고 있다는 것.

35,388,920,000

강제 긴축재정으로 잔액 관리 하나는 어느 때보다
잘 되고 있으니까. 다들 퇴근 때 받을 몫 계산하며
괴롭고 달콤한 나날을 견디고 있는거겠지.

253

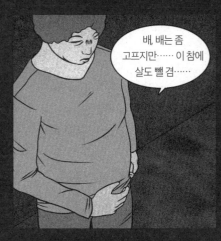

배, 배는 좀 고프지만…… 이 참에 살도 뺄 겸……

요즘 컨디션이 너무 안 좋아서… 죄송해요

짝짝짝.
이쯤 되면 훌륭한 노예근성.

이렇게 뜨뜻미지근한 물 속에서 익어가는 건가……

하지만 내가 모한한악물 작전에 회의적이게 된 건, 아니 심지어 의심하게 된 건, 또 다른 이유.

그들이 사람을 죽일 수 있는 망가진 인간인지는 몰라요

모르긴 하지만 일단 벌벌 무서우니까.

어쩌면, 저 여자가 우릴 선동해
소요에 이용하려 한 건 아닐까?

아직은 더 지켜봐야 한다.
감성이 이끄는 방향이 반드시 진실의 방향인 건 아니다.

- 본 이미지는 개인의 과장이 들어가 있습니다.

7호의 제안이 선의였는지 악의였는지는
지금으로서는 알 수 없다.

게임 시작 22일째.
인체의 신비를 깨달았다.

못 먹고 못 마시는 나날들이 계속되자
몸은, 주어지는 소량의 수분과 칼로리만으로도
살아갈 수 있게 기어를 변속했다

이게 말로만 듣던
슬림근육인가.

평소보다 약간 어지럽고
조금 기운없긴 하지만
인풋과 아웃풋의 균형이
이뤄진 상태에 들어선 것 같다.

이렇게 슬림앤뷰티가
되어가는 건가.

허락된 돈은 하루 2000(200만)원.
500(50만)원으로 작은 물 한 병.
남은 1500(150만)원으로 빵과 간식을.

쓰레기는 썩기 전에
쓰레기장으로.

후우-
후우-

후우-
후우-

후

읍!

물론 그 쓰레기장은
꼰대가 썩어가고 있는 6호실.

끼이익-

처음 며칠간은 무서웠고
다음 며칠간은 슬펐고
그 후 며칠간은 괴로웠으나
그 이후가 되자.

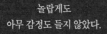

놀랍게도
아무 감정도 들지 않았다.

아마 얼마간의 시간 후엔
꼰대의 몸도 꼰대에 대한 기억도
쓰레기에 뒤덮혀 사라질 테지.

휘~

와, 냄새 X되네……

그래. 잔액이 어떻고 게임이 어떻고는
숨이 붙어있을 때라야 의미가 있는 것.

뒈져버리면 그게 다
무슨 의미가 있…….

어

눈

희미해져 가는 의식 속에서
마지막으로 들은 소리는

꼰대의

낄낄대는 웃음소리였다.

머니게임
MONEY GAME

#12

"부탁 하나만 들어줄래?"

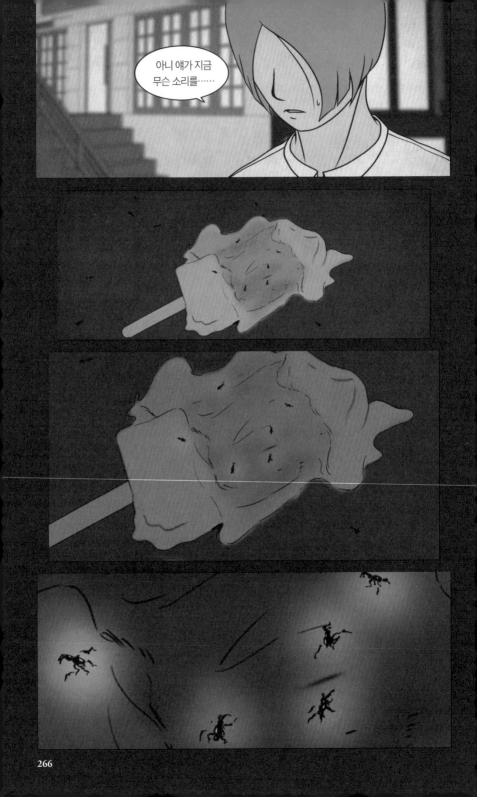

화장실에 쓰러져 있던 날 발견해
내 방으로 옮겨준 건 1호실 덕후.

방에 데려온 지
두 시간 여 만에 정신이
돌아왔다고 했다.

무, 물 좀 가져다
드릴까요?

물······
내 물은······ 다 마셨었나?

제 방에 물
좀 남아 있는데…

모르겠다.
영 좋지 않아 기억이 나지 않는다.

그래도 다행예요
전 또 크, 큰일 나는 줄 알고…

그러게.
왜 1호는 큰일이 나게 두지 않은 걸까.

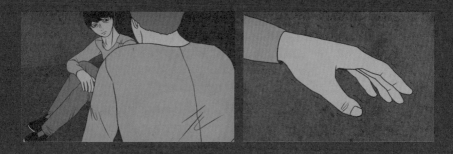

남은 사람은 7인. 남은 금액은 350억.
내가 사라지면 내 몫 50억을 나눠 가질 수 있었을 텐데.

고맙습뉘돠······

진짜··· 진심···
매우··· 정말로···

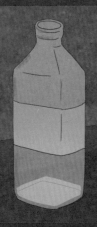

고맙습니다. 또는 감사합니다.
별 감흥 없이 혀끝으로 내던지던 치하의 표현.

하지만 이 감사는 밀도가, 농도가, 다르다.
이 사람은 50억 대신 날 택해준 거다.
게임 시작 후 처음으로,
믿을 만한 사람을 찾은 것 같다.

영양실조인지
전해질 불균형인지

개가 준 담요

ㅅㅂ…
개추워……

죽은 6호가
산 8호를 해치웠다!

아니면 6호실에서 더러운 병균이
옮아 붙은 건지 알 수는 없지만.

확실한 거 하나는

X.

됐다는 것.

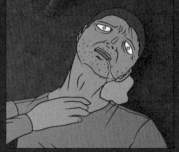

여기서
아프거나
다치면
그냥
죽어야
하나?

의료시스템도 간호서비스도 없는 이곳에서
믿을 건 몸의 자가치유 능력뿐이지만.

추워… 목말라…
아파…배고파……

자힐이 기능하려면 잘 먹고 잘 쉬어야 한다.
하지만 하루 2백만 원…아니, 2천 원으로
잘 먹고 잘 쉴 수는 없다.

그러니 지금 내가 가진 것들로

어떻게든
살아남아야 한다.

금괴……
골드바요

뭐 한……
1kg짜리?

45,338,000,000

일, 십, 백, 천, 만······. 사백오십억?

미친.
개비싸.

게임 시작 시 제시됐던 상금 448억.
전액을 들이부어도 살 수 없는 물건.

시급 7000원짜리 노동자 8인이

한 푼도 쓰지 않고,

100일 동안 줄창 알해도 가질 수 없는 물건.

하지만 그들은 당연히 가지고 있겠지.
아마도 많이 가지고 있겠지.

가만히 금고에만 처박아 뒤도 금값은 오르고

이자도 주체 못할 정도로 쌓이겠지.

니들은 좋겠다.
삶의 목표가 있어서.

우린 돈이 넘 많아서
매일이 따분해. 그러니
이딴 게임이나 만들지.

나도 한번 가난해
보고 싶은데,

돈이 지맘대로
불어나서 가난해질수가
없네 ㅋㅋㅋㅋㅋ

…취소할게요

껌 주세요
껌 한통.

800,000

탁월한 선택임다 고객님.

나 물고빨면 하루 종일 꿀맛꿀잼.

아니.
금괴도 껌도 구입하지 않는다.

시무룩

SSANGUM

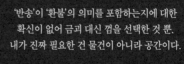

배송구로 전달된 물건을 5분 내로 회수하지
않으시면 강제 폐쇄 후 반송됩니다.

RULE

흐으음......

'반송'이 '환불'의 의미를 포함하는지에 대한
확신이 없어 금괴 대신 껌을 선택한 것 뿐.
내가 진짜 필요한 건 물건이 아니라 공간이다.

쭈읍-

미묘하게 바람이
통하는 듯…도…

구매와 반송의 반복으로 방에서 외부로
이어진 통풍구를 유지할 수 있을 것이고

8

SUPPLY
DEPOT

통풍구가 있다는 말은

ㅂㅍㅇㅎㅅㄲ?

부싯돌과 부탄가스와 쓰레기로
빛과 열을 얻을 수 있다는 말이 된다.

커헉.

콜록! 콜록! 콜록! 콜록!

크헙! 콜록! 콜록!

콜로로로로록!!!! 콜리

덜컹-

마음 같아선

아니 뭔 말 같은 말을
해야지 하루 2천 원으로
버티라는 XX들인데
그 XXX들이 잘도
사주겠다! 그 구걸
내 자존심이
용납하지 않는다!

라고 하고 싶지만.
그런 존심도 의지도 기력도
이젠 없다.

네…
가볼게요……

제가… 몸이 너무 안 좋아서… 혹시 약 좀 살 수 있을까요?

약? 얼만데 그건.

아마… 일반 판매용으로 사면 2, 3천 원쯤……

그럼 밥 대신 약 사 먹음 되겠네. 싫으면 X랄 말고 버티든지.

하 X발 역시. 이 ㄴㄴ들한테 뭘 기대한 거지 난.

ㅅXX들. 두고 봐라. 병 악화돼서 뒈지기 직전이면 내가 어떻게든 니들 저승길 동무로 데려간다. 혼자는 억울해서 못 죽는다.

콜록—

머니게임
MONEY GAME

#13

"인생 제1의 법칙"

Q. 피할 수 없는 힘든 상황을 반복적으로 겪게 되면 그
  상황을 피할 기회가 와도 극복하려는 시도 없이
  자포자기하는 현상을 무엇이라 하는가?

  (   )

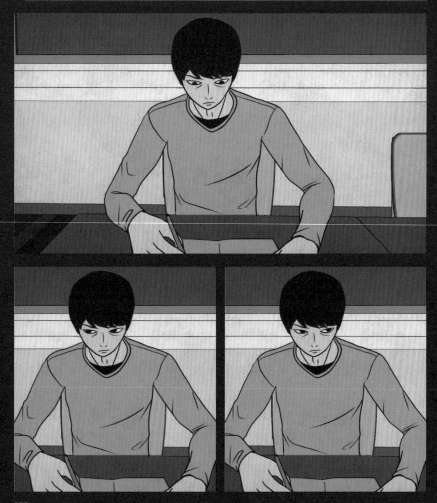

너도 봐서 알잖아.

우리가 손댄 이후로
돈 관리 엄청 잘 되는 거.

- 게임 시작 23일. 현재 잔액.

35,241,720,000

- 깡패커플 집권 전 : 12일간 9억 차감.

- 깡패커플 집권 후 : 11일간 6억 차감.

그래. 알고 있다.
계산해 봤으니까.

압도적인 차감 속도의 차이.
인간은 겁주고 때려야 말을 듣는 생물인가.

그대로 뒀으면 지금쯤
수십억은 더 사라져
있겠지. 내 말 틀려?

아니, 딱히 반박할 말이 없다.
아아니, 딱히 반박할 이유조차 없다.

하루 2천 원 제한이
가혹하다고 생각해?

웃기고 있네.
저것들, 2천 원만 쓴 날
단 하루도 없어.

?

뭔…… 말이야 그게.
2천 원 이상 쓰면 죽여버릴 거랬잖아
근데 아무도 안 죽었잖아.

"우리 둘은 쓴 금액을 서로 오픈하지.
그래야 나머지 인간들이 얼마 썼는지 계산이 나오니까.
자 그럼, 하루에 얼마가 더 줄어 있어야 정상일까?"

정답! 천만 원!

그래. 안다. 블라인드 게임.
그게 이 게임의 기본이자 핵심이니까.
그런데. 하지만.

진짜 너무하네······

또 나만 바보된 건가. 또 나만 참고 있었던 건가.
아파 뒈질 것 같아도 약 한 알 몰래 사먹을
생각조차 못한. 참가자 중 사실은 내가
제일 멍청한 X낀 건가.

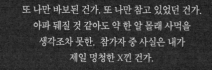

그래도 우리는 모른 척
해줬어. 왜냐고?

'하루 2천 원' 룰은 일종의 억제선 같은 거라고 했다.
그 선을 기준으로 너무 멀리 벗어나지만 않게 하려는.

진통해열제랑 죽 살게요.
인스턴트 죽.

하루 소비금 5천 원이란 파격 혜택을 받았다.
혼자 특혜받는거 남들이 알게 되면 좋을 거 없으니
반드시 비밀로 하라고 했다.

……

동도 하나 주세요
백 원짜리 동전.

삐릭~

4,800,000

4,900,000

이 혜택의 대가로
3호가 제안한 건

BANG!

좋게 말하면 스파이
흔히 말하는 프락치

Secret agent
007
8

분명 자신들에게 불만을 품고
작당하는 세력들이 있을 거라 했다.

그러니 수상한 낌새가 보이면 알려 달라 했다.
상금을 지키기 위해 서로 협력하자 했다.

그러죠 콜록콜록.
악만 살 수 콜있록다면.

또다시 다가온 선택의 순간.
스파이가 될 것인가,
이중 스파이가 될 것인가.

	깡패팀	연합팀
장점	돈관리 잘함 인사관리 탁월	인간적이고 안전함 소비금 제한 없음 (경가 좀 예쁨)
단점	자기들만 편함 때릴것 같음 신용이 안감	멍청이들임

현재로서 최선의 선택은
깡패팀에 붙어 꿀빠는 거지만,

혹시나 전세가 역전되면
그야말로 낭패.
천하의 배신자행.

괜히 살려줬네.
걍 죽게 내버릴걸.

하루 200원 형에
처하겠습니다!

언니가 담요도
줬는데. 쯧쯧쯧.

그렇다고 연합팀에 붙자니 이 의지박약 인간들이
깡패팀을 제압할 수 있을지는 여전히 미지수.

어디서 장난질이야?
죽으려구.

넌 오늘부터
하루 20원이야.

아니, 됐다. 그만 고민하자. 이런 중요한 결단을
내리기엔 몸도 뇌도 마음도 너무나 상태가 안 좋다.
지금 절대 믿지 않아야 할 선택은 내가 내린 선택.

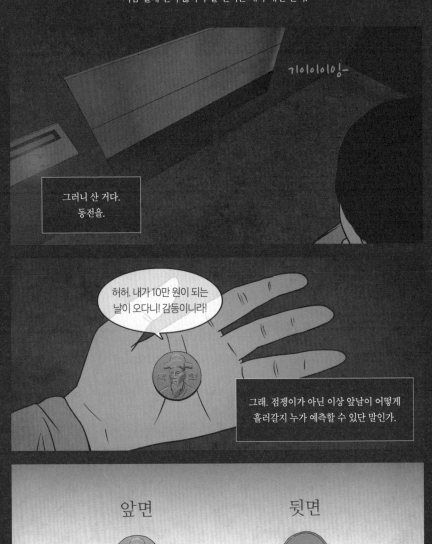

그러니 산 거다.
동전을.

허허. 내가 10만 원이 되는
날이 오다니! 감동이니라!

그래. 점쟁이가 아닌 이상 앞날이 어떻게
흘러갈지 누가 예측할 수 있단 말인가.

앞면   뒷면

깡패팀   연합팀

어차피 인생 운칠기삼.
우주의 계시에 몸을 맡긴다.

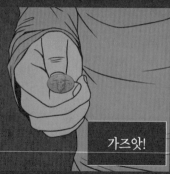

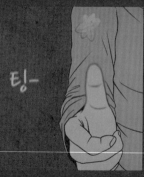

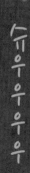

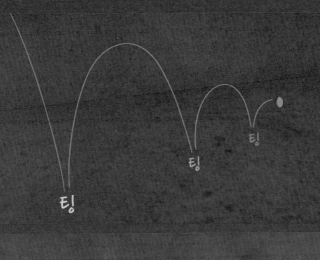

팅

팅

팅

데구르르르르르

우뚝

어엉?

뭐야.

뭐야 이 황당한
시츄에이션……

핫!

아니. 잠깐. 이게 바로 계시 아닐까?
경거망동 말고 중도를 지키라는?

그래. 잊고 있었다.
몸이 아파 정신이 혼미해 잊고 있었다.
그 법칙. 인생의 제1법칙을.

나는 언제 어느 때 어떤 모습으로든
현신할 수 있노라.

가   만

어떤 일에도 나서지 말고
어떤 선택도 최후까지 미뤄야 한다는
그 법칙을.

말씀 감사드립니다.
그만 잊고 나댈 뻔했습니다.

왜 꼭 한쪽 편을 들어야 하지?
아무 편도 안 들면 되잖아.
상황 흘러가는 거 지켜보다
눈치껏 한쪽에 붙으면 되잖아.

허허.

깨달은 자로다.

이건 닥치고 사리라는 신탁.
날 위해 (동전) 일으키신 기적.
프로 간잽이처럼 버티라는 전언.

급
마음이 편해졌다.

함-

꿀꺽-

따이레록 정

그래. 라인은 죽기 직전에 타는 거지.
주식도 아닌데 미리 타서
무슨 이득이 있다고.

하 X라 맛깔나게 생겼네.

일단 상황을 지켜본다. 추이를 살핀다.
양쪽 모두의 편인 척 아닌 척
애매한 스탠스를 취한다.

그렇게 간보다 결정적인 순간이 오면
짠 하고 이기는 편에……

푸왁-

악!

에이 시X.

X라 날카롭네……

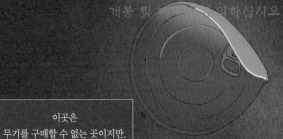

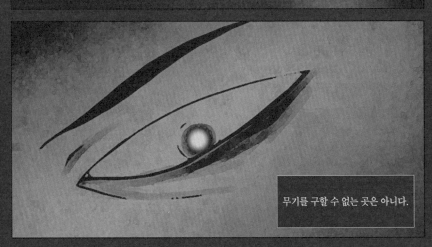

걔 처럼......

따버릴까?

미친.
지릴 뻔 했다.
아직도 목에 섬뜩한 감촉이 생생……

옆방 7호의 목소리.
평소 같으면 반기며 맞이했겠지만

어제 저녁 나의 결정과
오늘 아침 그녀의 꿈이

날 망설이게 한다.

머니게임
MONEY GAME

#14

"중립의 괴로움"

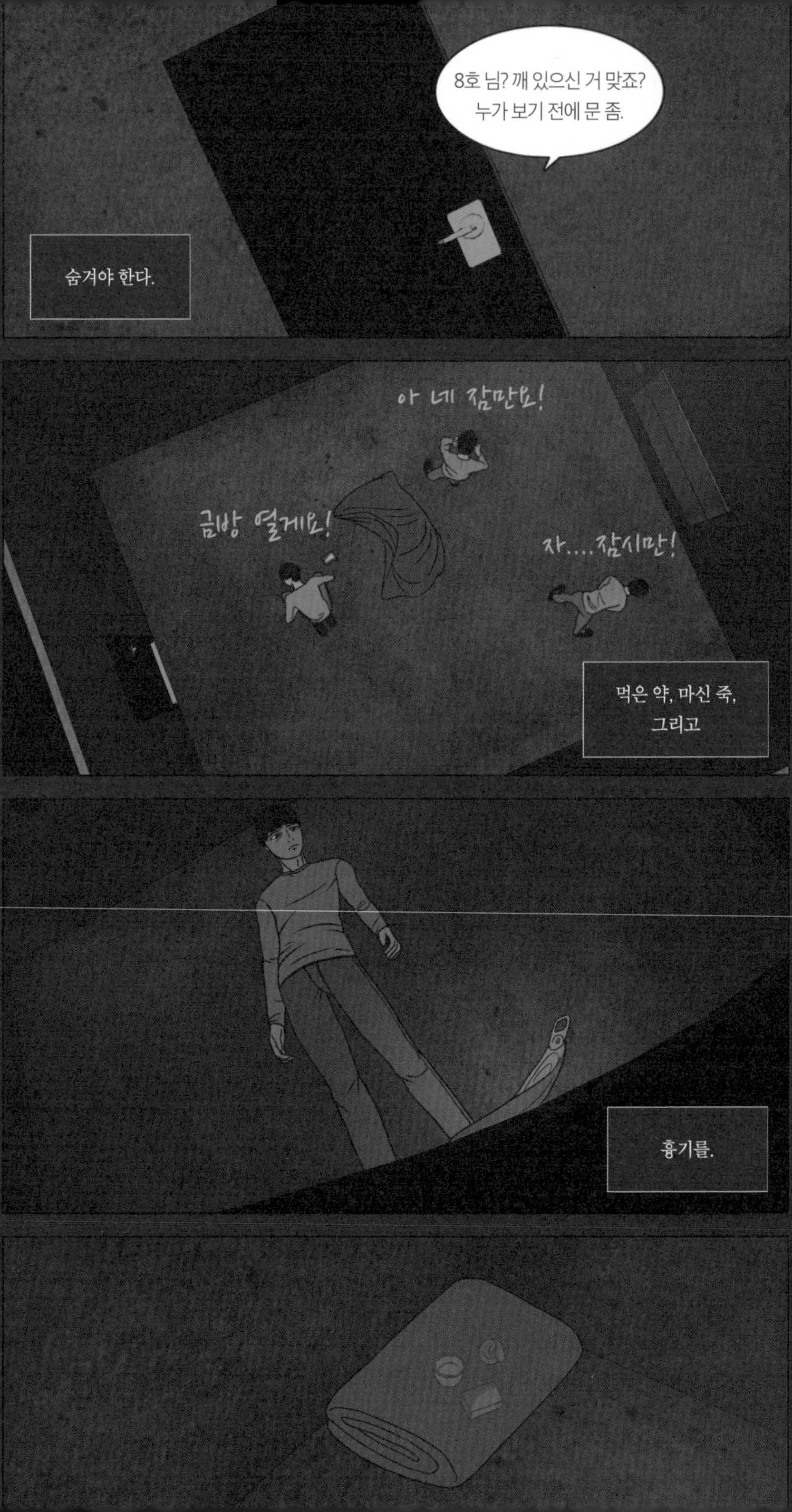
8호 님? 깨 있으신 거 맞죠?
누가 보기 전에 문 좀.
숨겨야 한다.
아 네 잠만요!
금방 열게요!
자.... 잠시만!
먹은 약, 마신 죽,
그리고
흉기를.

무슨 얘기 하셨어요?

아, 뭐……
별 얘긴… 없었…

꽤 오래 계시던데. 3호실에.
뭔가 알아내신 거라도?

약은요? 약 사게
해주던가요?

갑자기 들이닥쳤다. 선택의 순간.
진실의 종을 울리느냐 부수느냐.

하지만 믿어라. 계시.
의심을 거둬라. 전언.

줄을 잡고 오른 자는 언젠가 추락하지만
줄을 잡지 않은 자는 언제나 안전한 땅 위에.

LORD WE GOT TO KEEP THE FAITH

아뇨 그럴 리가요 **콜록!**
꺼지라던데요 **콜눌!**

그랬군요…
알겠습니다.

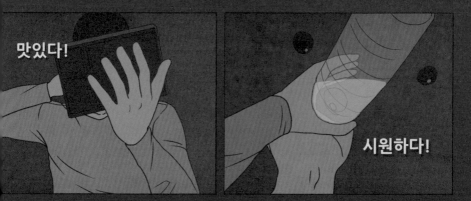

맛있다!

시원하다!

그래. 일단 생존이 우선이지. 살아남아야 완결이 안 나지.
······내 인생 완결이.

꺼어어어어어억

다 좋았다. 다 만족스러웠다.
하지만.

하아 행보ㄱ······

행복이라는 단어가 입 밖으로
나오려는 순간. 원인 불명의
찝찝함이 등골을 휘감았다.

이게······정상인가?
이 상황에서 행복을 느끼는 게?

전보다 억압의
강도가 약해졌다 해서.

그저 목줄의 길이가
늘어났다 해서.

행복에 더해
심지어 감사함마저
느끼는 게?

우리가 악당이라고?
아니지, 진짜 악당은
생각없이 돈 쓰는 딴 방
놈들이랑 끝없이 이간질
하는 주최측 놈들이지.

그러니 헛짓거리
할 생각 말고
우리 말만 들어.

317

국민을 통제할 강한
철권정치와 국민의
시선을 돌릴 외적의 설정.

그리고 또

시스템에 불만을 가진
자들을 물질적 만족으로
회유하는 개발독재 등이

독재 정권의 유지를 위해
흔히 쓰이는 수단들입니다.

정치 구조상 단기간에 높은
경제성장을 이뤄낼 수 있다는
장점이 있긴 하지만 중앙당이
부패에 빠지기 쉽고

또한 중앙이 무너질 경우
억지력이 사라져 시스템 자체가
붕괴될 위험 또한 다분한……

……누가 저 학생 좀 깨우지 그래?

아.

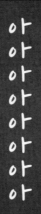

아 아 아 아 아

아 아 아 아 아

아아아하암~ 잘잤드아~~

평화로운 며칠이 흘렀다.

35,068,139,000

게임 시작 26일째.
잔액은 여전히 이상 무.

35,068,139,000

아름다워.

돈괴의 자태는 언제 봐도 아름답고 신성하고 매력 있고 향기롭고 치명적……

자기, 나한테 뭐
보고할 거 없어?

아.

아, 그래. 보고.
수상쩍은 거 있으면 말해 달라 그랬지.

어…
그게……

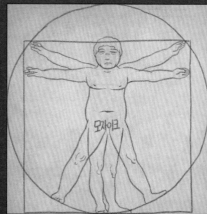

1호는 '드디어' 살이 좀 빠졌고.

5호는 거의 방 안에만 있고.

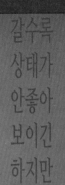
갈수록
상태가
안좋아
보이긴
하지만

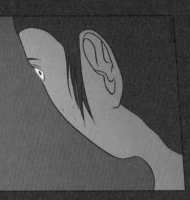

2호실 학생은

딱히 없다.
특히 보고할 만한 건.

없습니다. 조용해요

······그래?

그렇단 말이지.

자 그럼, 앞으로도
잘 부탁해.

좋지 아니한가.

깡패팀도 날 신용하고 있고
연합팀도 날 신용하고 있고
스튜디오는 사고도 사건도 없이
잘 굴러가고 있다.

복지부동.
무사안일.
태평성대.

우리가 너희에게 엄격히 군 건!
너희들이 미워서가 아니었다!

사고 없이 무사히 수료할 수 있도록!
더 나은 군인이 될 수 있도록! 그리고!

더 많은 잔액을 남길수 있도록!
일부러 엄격하게 대했던 것이다!

자 그럼! 모두 사회에 나가서는
더 풍족하고 행복한 삶 누릴 수 있도록!

그동안 감사했습니다!

고마웠어요 흑흑.

자리 잡으면 꼭
연락 드리겠습니다!

그래 이대로만 가면.
해피엔딩 확정이지 않은가.

저기요!
8호 님!

응?

8호 님!
잠깐 얘기 좀요!

오전에, 3호 님이
절 부르더라구요

네? 3호가 왜요?
뭐라던가요?

그…
그게……

여성용품을 건넸다고 했다.

이거 써, 여자는 남자들
보다 돈 들 데가 많잖아.

2호실 아가씨도
나눠 주고

그리고 회유했다고 했다.

그래. 하루 2천원은
역시 너무 적지?

잔액은 잘 관리되고 있으니, 이대로만
유지된다면 소비금 올려줄 의향도 있다고.

아… 네……
뭐, 잘됐네요

납득 가능한 유화책. 당근 없이 채찍만 때려댄다면 결국 손을 물릴 테니.

그게 아니라… 다른 문제가 있어요 좀……
아니 많이. 심각한.

뭐가 또. 뭐가 문젠데.
생필품도 줘. 돈도 더 줘. 뭐가 문제냐고.
문제 없는데 문제 만드는
니들이 더 문제 아니냐고.

돈이 필요해요
좀…… 많이요

맘에 안 든다.

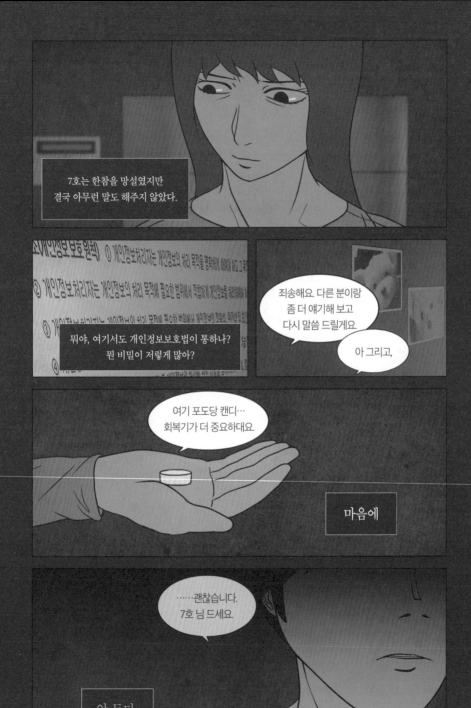

7호는 한참을 망설였지만
결국 아무런 말도 해주지 않았다.

죄송해요 다른 분이랑
좀 더 얘기해 보고
다시 말씀 드릴게요.

아 그리고,

뭐야, 여기서도 개인정보보호법이 통하나?
뭔 비밀이 저렇게 많아?

여기 포도당 캔디…
회복기가 더 중요하대요.

마음에

……괜찮습니다.
7호 님 드세요.

안 든다.

불길하다.
스멀스멀 불길한 뭔가가 스멀스멀 시작되려 한다.

우린 절대 중립.
어느 나라 편도 안 들지.

그게 세계의 (비자금)
은행이 될 수 있었던 비결.

중립국처럼 조용히 살면서
중립국처럼 조용히 돈이나
킵할랬는데

이것들은
1도 그럴 생각이 없나 보다.

기를 쓰고, 기어이.
좌충우돌 어리둥절 이벤트를
만들어야 속이 풀리려나 보다.

제발 님들 제발
좀 자제 좀…….

어떡하지? 역시 깡패 커플에게 보고해야 하나?
아니. 걔들이 지면 어떡해. 그럼 애들 편에 붙어야 하나?
안되지. 애들이 지면 어떡해.

니놈! 잊지
말거라! 내 말!

X발. 편이고 나발이고 다 필요 없고, 돈. 돈만 먹고 싶다.
왜 그래 다들? 돈 싫어? 돈 질렸어? 전광판 숫자로만 보니
저게 얼마나 큰 돈인지 실감이 안 나?

35,068,139,000

무려
삼백오십억 하고도 육천팔백십삼만구천 원……

…응?

잠깐……만.

육천팔백십삼만……
구천 원?

잔액 구천 원이 남으려면…… 여기선 1원이
천 원이니까, 누군가 1원을 썼단 말이잖아.

잔액 1원이 남을
일이 있나?

소비자가 일원 단위로 끊어지는
물건은 없다. 당연히.

eelwondongjeon : 멸종위기종
무게 0.729g 지름 17.20mm, 100% 알루미늄

그럼 대체.
왜 1원이 차감……

아.

100원짜리 동전도
하나 주세요

그래. 산 거구나. 일원.
일원짜리 동전 하나를.

뭐, 나처럼
동전 던지기라도
하려고 샀나?

소심한 놈. 1원짜리는
떨어지면 찾기도 힘들 텐데.

아니.
잠깐.

재질 바꾸고 크기 작아진 새 10원권 동전 발행

불현듯. 기억났다. 10원 동전 재질이 바뀐 이유.
가치 역전 때문이었다.
원가가 액면가를 훨씬 상회했기 때문이었다.

그래. 돈의 가치는
액면가가 전부가 아니다.
그 외에도 화폐의 재질이나
희귀성이나 상징성이……

여기까지 생각이 미치자.
번뜩. 소름돋는 가정이 하나
떠올랐다.

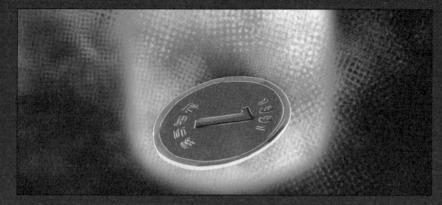

혹시 누군가가, 이 1원 동전을 이용해 게임의 룰을,
아니 이 게임 자체를 파괴할 계획을 세웠다면?

만약, 구입가 보다 판매가가
100배 이상 비싼 재화가 존재하면

에이.

설마.

이 게임은
어떻게 되는 거지?

머니게임
MONEY GAME

#15

"스튜디오 공식 바보"

10원짜리 동전, 사면 살수록 부자돼.

10원짜리 동전이 황동 재질에서
알루미늄 재질로 바뀐 이유는,
액면가보다 원가가 높았기 때문이다.

물론 끝은
안 좋았습니다.

차카게 살자.

10원 동전을 대량으로 녹여 팔아 수억 원의 차익을
챙긴 일당이 있었을 정도로 가치 역전이 심했다.

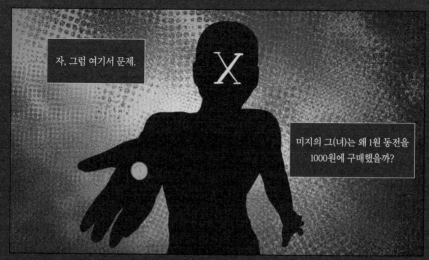

자, 그럼 여기서 문제.

X

미지의 그(녀)는 왜 1원 동전을
1000원에 구매했을까?

녹여서 돈 벌려고?
아니, 1원짜리 동전은 알루미늄이라
그럴 가치가 없다.

당연히 스튜디오 구매가
1000원에는 턱없이 못 미친다.

합리적 갓심 중......

그럼 남은 이유는 하나.

저기…혹시 1원짜리 동전
얼마에 팔리는지 아세요?
희귀하니까 좀 비싸겠죠?

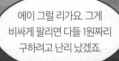

에이 그럴 리가요 그게
비싸게 팔리면 다들 1원짜리
구하려고 난리 났겠죠

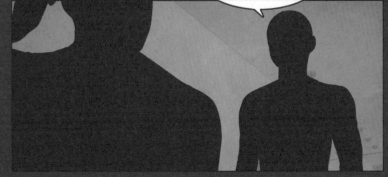

1원짜리 동전이. 비싸게 팔리는 희귀 동전인 줄 알았던 거겠지. 멍

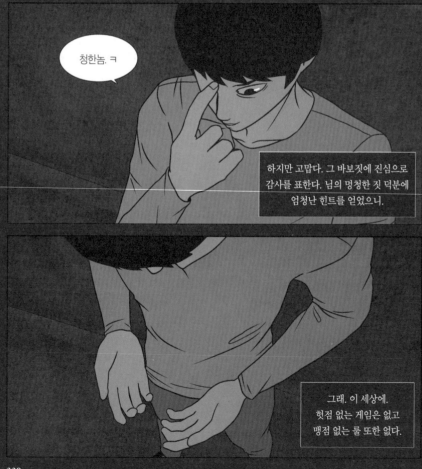

認定합니다. 綺羅星같은 法學子들이
極히 細細하게 法 整備를 해도 法網을
回避하는 子들은 恒時 出沒하지요.
- 해석은 댓글에.

그 정체불명 X(욕 아님)의 바보짓 덕에 아마도, 주최 측을 엿먹일 헛점을
어쩌면, 게임 자체를 파괴할 맹점을

발견한 것 같다.

모이세요!

모이세요 여러분들!!

이제 게임은
끝났습니다.

더이상 잔액이 줄어들까
돈이 사라질까 고민하지
않으셔도 됩니다.

네?

뭐가....
끝났다구요?

뭔 헛소리야
갑자기?

자, 그럼 지금부터 방법을 설명드릴 테니.

모두.

068,139,000

342

경청해 주시겠습니까?

머니게임의 룰은 매우 심플합니다.

스튜디오 내 특별환율

지불 1000배

회수 1000배

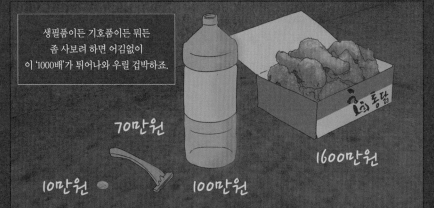

생필품이든 기호품이든 뭐든 좀 사보려 하면 어김없이 이 '1000배'가 튀어나와 우릴 겁박하죠.

70만원

10만원

100만원

1600만원

더 잔인한 건, 이 자산이 사유금이 아닌 공금이라는 것.
즉, 자신의 욕망 충족이 곧 타인의 욕망 배제라는 것.
이런 상황에서 갈등과 충돌이 생기지 않는 건 불가능.

① 야! 내 돈 쓰지 마!
② 뭐? 내 돈 쓰는데?
③ 아니! 우리 돈이거든?
④ 뭐? 내 돈 쓰지 마!
⑤ ??????????????

스튜디오 구매가   X,000원
시장 판매가   X0,000원

하지만, 구매가보다 판매가가
1000배 이상 비싼 재화가 존재한다면?
스튜디오에서 그걸 구매할 수 있다면?

그렇다면 이론적으로, 이 물건을 구매하면 할수록 우리 자산이 늘어나죠.
즉, 공금을 쓸수록 부자가 되는 겁니다.

설명은 됐고, 그래서
그런 물건이 있다고? 천배
넘게 남겨먹을수 있는?

네 있었습니다. 1원
구매자 덕에 발견했죠.

1원 구매자?

아, 그게....

그 물건은 바로.

환입니다.

1환의 가치는 1/10원.
그러니 100환은 10원.
즉, 스튜디오 구매가는 10,000원.

10,000

그리고 100환 지폐의
시중 거래가는
보존 상태에 따라

적게는
몇만 원 에서.

심지어 수십만 원까지
하는 거로 알고 있습니다.

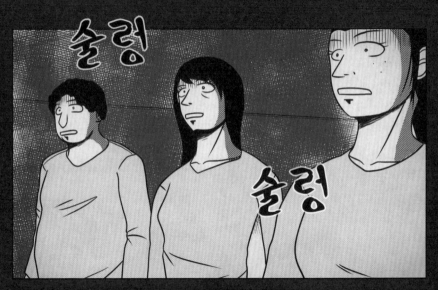

아직 놀라긴 이릅니다.
100환 권은 그중 하나일 뿐.

더 비싸게 거래되는
다른 액면가의 환도 얼마든지
있습니다. 그러니.

오늘밤, 구매 가능 시간이 되면
모두 환을 구매하세요.

1환, 10환, 100환, 뭐든
좋습니다. 모조리 사재기 하세요!
구하면 구할수록! 사면 살수록!

부자!!

난, 머리가 나쁜 편은 아니었다.
아니 오히려 좋은 편이었다 생각한다.

얘가 머리는 좋은데
노력을 안 해서 호호

그래. 단지 최선을 다하지
않았던 것 뿐. 진심으로 덤비면
못해낼 게 없다 생각했다.

밤새 가며 빡공할 필요 있나?
쉬운 길이 있는데 ㅋ

유일한 실수는 코인판에 발을 들인 것뿐.
그 외에는 딱히 고난도 고민도 없는 삶을 살았다.

쿵짝짝♩ 쿵짝짝♪
쿵짝짝 쿵짜짝~~ ♬

그 이유는 물론
머리가 좋았기 때문이지.

허생전의 허생도 말총 사재기를 했고, 성공했다.
왜냐고? 허생전의 허생도 머리가 좋았기 때문이지.

뭐야.
왜 이렇게 오래 걸려?
당황했냐?

응 물론 당황했겠지.

어이쿠 이렇게 똑똑한
참가자가 있었을 줄이야!

쟤 누가 섭외했어?
우린 이제 망했어 하고……

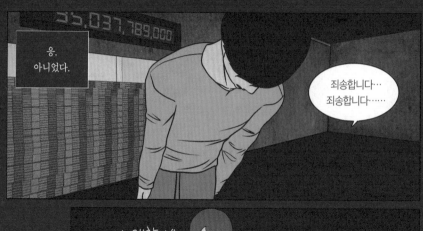

1원은 1원에 살 수 있으니
1000원이었고.

100환은 만 원이 아니라
5만6천 원에 살 수 있으니.
5천6백만 원이었던 것뿐.

천재

천재

낄낄

개천재다요

섣불렀다. 어리석었다. 이 야생무법의 바다에서 멍청이로 낙인찍히는 건,
상어 떼 앞에서 피냄새를 풍기는 것과 다름없이 위험하다.

크윽

탄) 스튜디오 공식 바보 (생

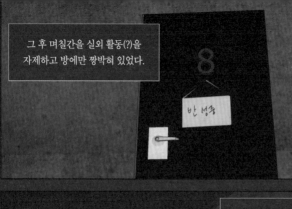

그 후 며칠간을 실외 활동(?)을
자제하고 방에만 짱박혀 있었다.

반 성 중

이편도 저편도 아닌 박쥐편을 택한 부채감을
'환치기' 한방으로 극복해보려 했었지만.

그래. 그렇게 쉽게 될 리 없지.
인생이. 삶이. 그렇게 호락호락
나 따위한테 함락될 리 없지.

하아……

이제……

어쩌지……

어쩌지도 저쩌지도 못하지. 쭈구리가 됐으니.
쭈구리답게 아닥하고 찌그러져 있는 수밖에.

허허. 사리고 있으라고
그렇게 계시를 줬건만.

나대다
똥됐구나.

그래. 그냥. 남은 70일.
있는 듯 없는 듯 맑게 투명하게
조용히……

오줌

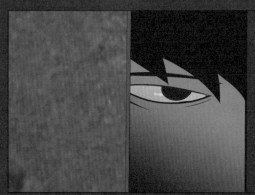

없지? 아무도?
아직은 부끄러 아무도
마주치기 싫어 막 그런 기분.

와ㅏㅏ 미친 간 떨어질 뻔.
애 왜 여기 있어?

휘청-

뭐야? 왜? 뭐지? 왜 때려?
아니 이 개XX가, 내가 만만해 보이나?

쳤어 지금?
이게 돼지려고…

콰 앙-

이, 이 새X가 진짜 미쳤나?
갑자기 왜

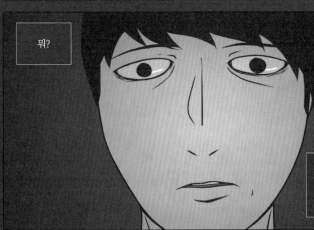

머니게임 1

초판 1쇄 발행 2024년 5월 17일

글·그림 | 배진수

펴낸이 | 김윤정
펴낸곳 | 글의온도
출판등록 | 2021년 1월 26일(제2021-000050호)
주소 | 서울시 종로구 삼봉로 81, 442호
전화 | 02-739-8950
팩스 | 02-739-8951
메일 | ondopubl@naver.com
인스타그램 | @ondopubl

Copyright ⓒ 2018. 배진수
Based on NAVER WEBTOON "머니게임"
ISBN 979-11-92005-47-8   (04810)
     979-11-92005-46-1 세트 (04810)